Tacet Books

Afonso Arinos

7 Melhores Contos

Editado por
August Nemo

Copyright© Tacet Books, 2024

Todos os direitos reservados.

EDITOR August Nemo

CAPA E PROJETO GRÁFICO Mayra Falcini

NEGÓCIOS E MARKETING Horacio Corral

Dados Internacionais de Catalogação na Publicação (CIP)

Arinos, Afonso.
A711   7 Melhores Contos / Afonso Arinos – São Paulo, SP: Tacet Books, 2024.
118 p. : 14 x 21 cm

ISBN 978-65-89575-73-3

1. Literatura brasileira. 2. Contos.

CDD 869.4

Tacet Books

Feito em silêncio

Para mentes barulhentas

www.tacetbooks.com

tacet.books@gmail.com

Sumário

O Autor 5

Pedro Barqueiro 7

Assombramento 19

A Cadeirinha 49

Joaquim Mironga 55

A velhinha 65

A Iara 71

A fuga 77

Textos complementares 85

    A Promissora Estreia Literária de Afonso Arinos
por José Veríssimo 85

    Novo Membro Ilustre da Academia de Letras 88

    Discurso de recepção na Academia Brasileira de Letras
por Olavo Bilac 89

Falece em Barcelona o Dr. Afonso Arinos 113

Conheça a Tacet Books 117

O Autor

Afonso Arinos de Melo Franco, nascido em 1º de maio de 1868, em Paracatu, Minas Gerais, foi um advogado, contista e romancista brasileiro. Filho de Virgílio de Melo Franco e Ana Leopoldina de Melo Franco, seus primeiros estudos ocorreram em Goiás e São João del Rei. Iniciou o curso de Direito em São Paulo em 1885, concluindo-o quatro anos depois. Após sua formação, mudou-se para Ouro Preto, onde lecionou História do Brasil no Liceu Mineiro e foi um dos fundadores da Faculdade de Direito de Minas Gerais, tornando-se professor de Direito Criminal.

Durante a Revolta da Armada[1], abrigou em sua casa em Ouro Preto escritores radicados no Rio de Janeiro que buscavam refúgio no interior de Minas Gerais, como Olavo Bilac e Carlos Laet.

Afonso Arinos teve vários trabalhos publicados nas décadas de 1890, na Revista Brasileira e na Revista do Brasil. Em 1897, assumiu a direção do Comércio de São Paulo. Em 1901, foi eleito sócio correspondente do Instituto Histórico e Geográfico Brasileiro e ocupou a cadeira 40 da Academia Brasileira de Letras, sucedendo Eduardo Prado.

1 A Revolta da Armada foi um levante liderado pela Marinha brasileira entre 1891 e 1894, ocorrendo no contexto da recente instauração da República no Brasil. A insatisfação dos marinheiros era motivada pela falta de representatividade no governo, liderado inicialmente por membros do Exército, como Deodoro da Fonseca e Floriano Peixoto. A primeira revolta, em 1891, resultou na renúncia de Deodoro, enquanto a segunda, entre 1892 e 1894, foi uma tentativa de depor Floriano, que conseguiu manter-se no poder. O movimento refletiu a luta dos marinheiros por uma maior participação política e oposição às medidas dos líderes militares.

Sua obra literária é marcada pelo regionalismo, retratando paisagens e personagens do Brasil, especialmente em obras como "Pelo Sertão" e "Os Jagunços", este último sob o pseudônimo de Olívio de Barros e baseado na Guerra de Canudos. Escreveu também os dramas "O Contratador de Diamantes" e "O Mestre de Campo". Após sua morte, foram publicados "Lendas e Tradições Brasileiras" e "Histórias e Paisagens".

Faleceu durante uma viagem à Europa, em Barcelona, Espanha, em 19 de fevereiro de 1916. Em homenagem a sua contribuição, o povoado Barra Longa, no Rio de Janeiro, foi renomeado para Afonso Arinos, e em Minas Gerais, o município de Arinos foi criado em sua memória, em 1º de março de 1963.

Pedro Barqueiro

— Eu lhe conto — dizia-me o Flor, quase ao chegar à Cruz de Pedra. — Naquele tempo eu era franzinozinho, maneiro de corpo, ligeiro de braços e de pernas. Meu patrão era avalentoado, temido e tinha sempre em casa uns vinte capangas, rapaziada de ponta de dedo. Eu tinha uma meia-légua, trochada de aço, que era meu osso da correia. E, consertando o corpo no lombilho, soltou as rédeas à mula ruana[2], que era boa estradeira. Inclinou-se para o lado, debruçando-se sobre a coxa, e apertou na unha polegar o fogo do cigarro, puxando uma baforada de fumo.

— Estávamos, um dia, divertindo-nos com os ponteados do Adão, à viola — disse ele. — Eu estava recostado sobre os pelegos do lombilho, estendidos no chão. A rapaziada toda em roda. Pouco tínhamos que fazer e passava-se o tempo assim.

Eis senão quando entra o patrão, com aqueles modos decididos, e, voltando-se para um moço que o acompanhava, disse: — "Para o Pedro Barqueiro bastam estes meninos!" — apontando-me e ao Pascoal com o indicador; não preciso bulir nos meus peitos largos. — "O Flor e o Pascoal dão-me conta do crioulo aqui, amarrado a sedenho".

---

2 Refere a um tipo específico de mula reconhecido por sua pelagem distintiva. Esta coloração única é uma mistura de tons avermelhados e acinzentados, criando uma aparência singular que diferencia a Mula Ruana de outras. Sua presença é frequentemente observada em romarias e eventos festivos, onde sua pelagem marcante se torna um símbolo reconhecível.

Para que mentir, patrãozinho? O coração me pulou cá dentro, e eu disse comigo — estou na unha! O Pascoal me olhou com o rabo dos olhos. Parece que o patrão queria experimentar. Éramos os mais novos dos camaradas, e nunca tínhamos servido senão no campo, juntando a tropa espalhada, pegando algum burro sumido. Eu tinha ouvido falar sempre no Pedro Barqueiro, que um dia aparecera na cidade sem se saber quem era, nem donde vinha. Cheguei uma vez a conhecê-lo e falamo-nos. Que boa peça, patrãozinho! Crioulo retinto, alto, troncudo, pouco falante e desempenado. Cada tronco de braço, que nem um pedaço de aroeira.

Estou com ele diante dos olhos, com aquela roupa azuleja, tingido no Barro Preto; atravessado à cinta um ferro comprido, afiado, alumiando sempre, maior que um facão e menorzinho do que uma espada. Esse negro metia medo de se ver, mas era bonito. Olhava a gente assim com ar de soberbo, de cima para baixo. Parecia ter certeza de que, em chegando a encostar a mão num cabra, o cabra era defunto. Ninguém bulia com ele, mas ele não mexia com os outros. Vivia quieto, em seu canto. Um dia, pegaram a dizer que ele era negro fugido, escravo de um homem lá das bandas do Carinhanha. Chegou aos ouvidos do patrão esse boato. Para que chegou, meu Deus! O patrão não gostava de ver negro, nem mulato de proa. Queria que lhe tirasse o chapéu e lhe tomassem a benção.

Daí, ainda contavam muita valentia do Barqueiro, nome que lhe puseram por ter vindo dos lados do rio São Francisco. Essas histórias esquentavam mais o patrão, que eu estava vendo de uma hora para outra estripado no meio da rua, porque era homem de chegar quando lhe fizessem alguma. Tanto eu como Pascoal tínhamos medo de que o patrão topasse Pedro Barqueiro nas ruas da cidade.

Subiram de ponto esse receio e a ira do patrão, quando soube de uma passagem do Pedro, num batuque, em casa de Maria Nova, na rua da Abadia.

Chegara uma precatória da Pedra-dos-Anjicos e o Juiz mandou prender a Pedro. Deram cerco à casa onde ele estava na noite do batuque. Ah! Meu patrãozinho! O crioulo mostrou aí que canela de onça não é assobio. Não é dizer que estivesse muito armado, nem por isso só tinha o tal ferro, alumiando sempre; e com esse ferro deu pancas.

Quando cercaram a casinha e lhe deram voz de prisão, o negro fechou a cara e ficou feito um jacaré de papo amarelo. Deu frente à porta da rua e encostou-se a uma parede. Maria Nova estava perto e me disse que ele cochichou uma oração, apertando nos dedos um bentinho, que branquejava na pele negra de sua peitaria lustrosa.

Chegaram a entrar na casa três homens da escolta, e todos três ficaram estendidos. Pedro tinha oração, e muito boa oração contra armas de fogo, porque José Pequeno, caboclinho atarracado, ao entrar, escancarou no negro o pinguelo de um clavinote[3] e fez fogo. Pedro Barqueiro caminhou sobre ele na fumaça da pólvora e, quando clareou

---

3 Clavinote é uma pequena clavina ou carabina. No Brasil, essa palavra é utilizada para descrever esse tipo específico de arma de fogo. A clavinote pode ser considerada uma versão compacta de uma carabina, geralmente usada para fins esportivos ou de caça.

a sala, José Pequeno estava escornado no chão como um boi sangrando.

Dois rapazinhos quiseram chegar ainda assim, mas Pedro Barqueiro descadeirou um e pôs as tripas de fora a outro, que escaparam, é verdade, mas ficaram lá no chão gemendo por muito tempo.

Daí para cá, Pedro evitava andar pela cidade, onde só aparecia de longe e à noite. Mas todo o mundo tinha medo dele e vivia adulando-o.

Um dia, como já lhe contei, apareceu lá em casa um moço pedindo auxílio a meu patrão para agarrar o negro. Era mesmo um escravo, o Barqueiro; mas há muitos anos vivia fugido. Já lhe disse que o patrão queria tirar o topete do valentão, e, para isso, escolheu pobre de mim e Pascoal.

— Que dizes, Flor? — falou o patrão rindo-se.

— Uai, meu branco, vossemecê mandando, o negro vem mesmo, e no sedenho.

— Quero ver isso.

— Vamos embora, Pascoal!

Quando íamos a sair, o patrão bateu-me no ombro e, voltando-se para o moço, disse muito firme: — "Pode prevenir a escolta para vir buscar o Barqueiro aqui, de tarde. Hão de dar duzentos mil-réis a estes meninos".

Desci ao quarto dos arreios, passei a mão na meia-légua e no facão e apertei a correia à cinta.

Pascoal já estava na porta da rua, assobiando. Tinha por costume, nos momentos de aperto, assobiar uma trova, que diz assim:

Na mata de Josué
Ouvi o mutum gemê;
Ele geme assim:
Ai-rê-uê, hum! Airê.

Quando Pascoal me viu, soltou uma risada.

— Está doido, rapaz! — gritou-me.

— Por quê?

— Queres mesmo enfrentar o Pedro Barqueiro? Ele faz de nós paçoca. A coisa há de se fazer de outro modo.

Pascoal tinha tento e eu sempre tive fé nele. Era um cabritozinho mitrado. Saía-lhe cada ideia... Mandou-me guardar a meia-légua e o facão. Depois, foi à venda, escolheu anzóis de pesca e veio para casa encastoá-los. Eu, nem bico! Ajudei a acabar o serviço, certo de que Pascoal tinha alguma na mente.

— Deixa comigo, ajuntava ele.

Isso ainda era cedo; o sol estava umas três braças de fora, no tempo dos dias grandes. Lá por casa madrugávamos sempre para ir ao pasto e trazer animais de trato.

— Vamos fazer uma pescaria, disse-me o Pascoal. — Ali para os lados do Batista, há um poço, onde as curumatãs e os piaus são como formigas. O rancho do Pedro Barqueiro fica perto. Ele mora só e eu conheço bem o lugar. Pela astúcia havemos de prendê-lo. Quando eu gritar: "Segura, Flor!" — tu agarras o negro, mas segura rente!

E fomos. Nessa hora me veio bastante vontade de fugir ao perigo, de ir passear, porque tinha como certo suceder-

-nos alguma. "Que é lá, Flor!" — disse de mim para mim. "Um homem é para outro". E, depois, o Pascoal não me deixava nas embiras. Quando descemos o Gorgulho e fomos virando para o lado do córrego, fiquei meio sorumbático. Nesse tempo eu andava arrastando asa à Emília, filha do José Carapina. Era uma roxa bonita deveras e não estava muito longe de me querer. Posso dizer mesmo que na véspera olhou muito para mim, ao passar com a saia de chita sarapintada de vermelho, umas chinelas novas e de cordovão amarelo. Ah! Que peitinho de jaó, patrãozinho! Empinado, redondo, macio como um couro de lontra. Com o devido respeito, patrãozinho, eu estava na peia, enrabichado e foi nesse mesmo dia que ela me deu esta cinta de lã, tecida por suas mãos, que guardo até hoje.

Ai! Roxa da minha paixão — pensava eu — como hei de morrer assim fazendo cruz na boca? O diabo da ideia me atarantou pelo caminho e cheguei a dar tremenda topada numa pedra, no meio da estrada. Curvei-me sobre a perna, agarrei o pé com as mãos e estive dançando, sem querer, um pedacinho do tempo. Depois levantei. Pascoal sentara num barranco e encarava para mim, rindo. Levantei a cabeça e olhei para cima, assuntando. No céu galopavam umas nuvens escuras, a modo de um bando de queixadas rodando pelo campo. Um vento áspero passava, arrancando do jenipapeiro as frutas maduras, que esborrachavam no chão assim — *prof!* — espantando os juritis que nadavam esgaravatando a terra e comendo grãozinhos. Duas seriemas guinchavam, esgoelavam. Depois, vi que estavam brigando

— me lembra como se fosse hoje — e uma avançada para outra dando pulinhos, sacudindo as asas, com o cocuruto arrepiado e os olhos em fogo. O coração pareceu dizer-me outra vez — "Olha, Flor, o que vais fazer". Nesse, entretanto, o Pascoal, que me encarava sempre do ponto estava sentado, gritou-me: "Esqueceste a cabeça em algum lugar? Vamos embora, que já vai tardando".

Fiquei desacochado, caí em mim e fui marchando disposto. Daí em diante, fui brincando com o Pascoal, que era muito divertido e tinha sempre um caso a contar. Chegando embaixo, arregaçamos as calças e descemos o córrego, cada um com o seu anzol na vara, ao ombro.

Era preciso que ninguém desconfiasse do nosso conluio para prendermos o Pedro Barqueiro.

Aí, quase que tínhamos esquecido o perigoso mandado, tão diferente andava a conversa com as caçoadas do Pascoal.

Para entrar na história, patrãozinho, achamos Pedro Barqueiro no rancho, que só tinha três divisões: a sala, o quarto dele e a cozinha.

Quando chegamos, Pedro estava no terreiro debulhando milho, que havia colhido em sua rocinha ali perto.

— Vocês por aqui, meninos? Olhem! Vão ali naquele poço, para baixo da cocheira. Tem uma laje grande e de cima dela vocês podem fazer bichas com os piaus.

— Louvado seja Cristo, meu tio! — havia dito o Pascoal, e nisto o imitei.

— Se quiserem comer uma carne assada ao espeto, tirem um naco; está na fumaça, por cima do fogão, uma boa manta. Olhem a faca aí na sala, se vocês não têm algum caxirenguengue[4].

Pascoal entrou, e viu recostado a um canto da parede o ferro alumiando. Pegou nele, saiu pela porta da cozinha e escondeu-o numa restinga, ao fundo. Depois, me assobiou, eu acudi e fui procurar a "lazarina" de Pedro — uma boa arma, de um só cano, é verdade, mas comedeira.

— Há alguma jaó por aqui, tio Pedro? — perguntou Pascoal.

— Nem uma, nem duas, um lote delas. Se você quer experimentar minha arma, vá lá dentro e tire-a. Não errando a pontaria, você traz agora mesmo uma joá.

— Quero matar um passarinho para fazer isca, meu tio.

— Pois vá, menino.

E Pascoal descarregou a arma.

Pedro tinha se levantado e falava com Pascoal do vão da porta da entrada.

Era hora.

Pascoal me fez um sinalzinho, eu dei volta e entrei pela porta do fundo para agarrar o Barqueiro pelas costas. A combinação era essa. Enquanto Pascoal o foi entretendo, eu fui chegando soturno, quando ele gritou: — "Segura!" — eu pulei como uma onça sobre o negro desprevenido.

Conheci o que era um homem, patrãozinho! Saltando-lhe nas costas, dei-lhe um abraço de tamanduá no pescoço. Mas o negro não pateou, e, mergulhando comigo para dentro da sala, gritou:

---

4 Caxirenguengue é uma faca desgastada, sem cabo ou com a lâmina partida.

— Nem dez de vocês, meninos! Ah! Se eu soubesse... Patrãozinho, eu sei dizer que o negro me sacudiu para cima como um touro bravo sacode uma garrocha. Mas eu via que, se o largasse, estava morto, e arrochei os braços.

— Chega, Pascoal! — gritei.

— Eu quero manobrar de fora. Ânimo! Segura bem que nós amarramos o negro.

Que tirada de tempo! O negro, às vezes, abaixava a cabeça, dando de popa, e minhas pernas dançavam no ar, tocando quase o teto do rancho. Lutamos, lutamos até que Pascoal pôde meter um tolete de pau entre as canelas de Pedro, de modo que ele cambaleou, e caiu de bruços. Nós dois pulamos em riba dele. Eu, triunfante, gritava: "— Conheceu crioulo? Negro é homem?" Ele era teimoso, porque dizia ainda: "— Nem dez de vocês, meninos! Ah! Se eu soubesse..." Pascoal trazia à bandoleira um embornal para carregar peixe e veio dentro dele escondida uma corda de sedenho, comprida e forte. O Barqueiro estava no chão; e foi preciso ainda fazermos bonito para agarrá-lo.

— Agora, puxe na frente, seu negro! — gritou-lhe o Pascoal.

Havíamos juntado os braços dele nas costas e apertamos com vontade. Ficou completamente tolhido.

Eu ia segurando a ponta do sedenho e levava o negro na frente. Mesmo assim, houve uma hora em que ele me deu um tombo, arrancando a correr. Por seguro, a corda estava-me enrolada na mão e eu não a larguei. Nesse instante Pascoal tinha corrido atrás dele e lhe descarregado na nuca um tremendo murro, que o fez bambear um pouco e me deu tempo de endurecer o corpo e segurar firme a corda.

O Barqueiro, depois que saiu do rancho, não piou. Chegamos à casa de tarde e o negro ia no sedenho.

— Eu não disse — gritava o patrão muito contente — que só bastavam esses dois meninos para o Barqueiro? Está aí o negro.

E o povo corria para ver e a frente da casa do patrão estava estivada de gente.

Recebemos os duzentos mil-réis.

— Tinha me esquecido de contar-lhe que eu fizera uma promessa à Senhora da Abadia, de levar-lhe ao altar uma vela, se voltasse são e salvo. Cumpri a promessa no dia seguinte para a noite. Queria um pé para estar com a Emília.

Comprei um trancelim de ouro para aquela roxa de meus pecados e um xale azul. Ela era esquiva. Fez muito momo nessa noite, e não quis dar uma boquinha, com o devido respeito ao patrãozinho.

Saí da casa de José Mendes, onde dei a festa, quando os galos estavam amiudando.

A estrela-d'alva, no céu escuro, parecia uma garça lavando-se na lagoa. O orvalho das vassouras me molhou as pernas e eu estremeci um bocadinho. Entrei num beco que ia sair na rua de Trás, onde eu então morava.

Ia meio avexado e peguei a banzar. Emília! Emília do coração! Por que me amofinas com esse pouco caso? E desandei a cantar, bem chorada, esta cantiga:

Tá trepado no pau
De cabeça para baixo,
Com asas caídas
Gavião de penacho!
Todo o mundo tem seu bem,
Só pobre de mim não tem!
Ai! Gavião de penacho!

 De repente, pulou um vulto diante de mim. Quem havia de ser, patrãozinho? Era o Pedro Barqueiro em carne e osso. Tinha, não sei como, desamarrado as cordas e escapado da escolta, em cujas mãos o patrão o havia entregado. O ladrão do negro tinha oração até contra sedenho!

 Sem me dar tempo de nada, o Barqueiro me agarrou pela gola e levantou-me no ar três vezes, de braço teso, e gritou:

 — Pede perdão, cabrito, desavergonhado, do que fizeste ontem, que te vou mandar para o inferno! Pede perdão, já!

 A gente precisa ter um bocado de sangue nas veias, patrãozinho, e um homem é um homem! Eu não lhe disse nem pau nem pedra. Vi que morria, criei ânimo e disse comigo que o negro não havia de pôr o pé no meu pescoço.

 Exigiu-me ele, ainda muitas vezes, que lhe pedisse perdão, mas eu não respondi. Então, ele foi-me levando nos braços até uma pontezinha que atravessava uma perambeira medonha. A boca do buraco estava escura como breu e parecia uma boca de sucuri querendo engolir-me. Suspendeu-me arriba do parapeito da ponte e balançou meu corpo no ar. Nessa hora, subiu-me um frio pelos pés e um como formigueiro me passou pela regueira das costas até a nunca; mas minha boca ficou fechada. Então, o Barqueiro, levantando-me de novo, me pousou no chão, onde eu bati firme.

O dia estava querendo clarear. O negro olhou para mim muito tempo, depois disse:

— Vai-te embora, cabritinho, tu és o único homem que tenho encontrado nesta vida!

Eu olhei para ele, pasmado.

Aquele pedaço de crioulo cresceu-me diante dos olhos e vi — não sei se era o dia que vinha raiando — mas eu vi uma luz estúrdia na cabeça de Pedro.

Desempenado, robusto, grande, de braço estendido, me pareceu, mal comparando, o Arcanjo São Miguel expulsando o Maligno. Até claro ele ficou essa hora! Tirei o chapéu e fui andando de costas olhando sempre para ele.

Veio-me uma coisa na garganta e penso que me ia faltando o ar.

Insensivelmente, estendi a mão. As lágrimas me saltaram dos olhos, e foi chorando que eu disse:

— Louvado seja Cristo, tio Pedro!

Quando caí em mim, ele tinha desaparecido.

Assombramento

I

À beira do caminho das tropas, num tabuleiro grande, onde cresciam a canela-dema e o pau-santo[5], havia uma tapera. A velha casa assombrada, com grande escadaria de pedra levando ao alpendre, não parecia desamparada. O viandante a avistava de longe, com a capela ao lado e a cruz de pedra lavrada, enegrecida, de braços abertos, em prece contrita para o céu. Naquele escampado onde não ria ao sol o verde escuro das matas, a cor embaçada da casa suavizava ainda mais o verde esmaiado dos campos.

E quem não fosse vaqueano naqueles sítios iria, sem dúvida, estacar diante da grande porteira escancarada, inquirindo qual o motivo por que a gente da fazenda era tão esquiva que nem ao menos aparecia à janela quando a cabeçada da madrinha da tropa, carrilhonando à frente dos lotes, guiava os cargueiros pelo caminho a fora.

Entestando com a estrada, o largo rancho de telha, com grandes esteios de aroeira e mourões cheios de argolas de ferro, abria-se ainda distante da casa, convidando o viandante a abrigar-se nele. No chão havia ainda uma trempe de pedra com vestígios de fogo e, daqui e dacolá,

---
5 Canela-d'ema e pau-santo são duas plantas nativas do cerrado brasileiro.

no terreno acamado e liso, esponjadouros de animais vagabundos. Muitas vezes os cargueiros das tropas, ao darem com o rancho, trotavam para lá, esperançados de pouso, bufando, atropelando-se, batendo uns contra os outros as cobertas de couro cru; entravam pelo rancho adentro, apinhavam-se, giravam impacientes à espera da descarga até que os tocadores a pé, com as longas toalhas de crivo enfiadas no pescoço, falavam à mulada, obrigando-a a ganhar o caminho.

Por que seria que os tropeiros, ainda em risco de forçarem as marchas e aguarem a tropa, não pousavam aí? Eles bem sabiam que, à noite, teriam de despertar, quando as almas perdidas, em penitência, cantassem com voz fanhosa a encomendação. Mas o cuiabano Manuel Alves, arrieiro atrevido, não estava por essas abusões e quis tirar a cisma da casa mal-assombrada.

Montado em sua mula queimada frontaberta, levando adestro seu macho crioulo por nome "Fidalgo" — dizia ele que tinha corrido todo este mundo, sem topar coisa alguma, em dias de sua vida, que lhe fizesse o coração bater apressado de medo. Havia de dormir sozinho na tapera e ver até onde chegavam os receios do povo.

Dito e feito.

Passando por aí de uma vez, com sua tropa, mandou descarregar no rancho com ar decidido. E enquanto a camaradagem, meio obtusa com aquela resolução inesperada, saltava das selas ao guizalhar das rosetas no ferro batido das esporas; e os tocadores, acudindo de cá e de lá, iam amarrando nas estacas os burros, divididos em lotes de dez, Manuel Alves, o primeiro em desmontar, quedava-se de pé, recostado a um mourão de braúna, chapéu na coroa da cabeça, cenho carregado, faca nua aparelhada de prata, cortando vagarosamente fumo para o cigarro.

Os tropeiros, em vaivém, empilhavam as cargas, resfolegando ao peso. Contra o costume, não proferiram uma jura, uma exclamação; só, às vezes, uma palmada forte na anca de algum macho teimoso. No mais, o serviço ia-se fazendo e o Manuel Alves continuava quieto.

As sobrecargas e os arrochos, os buçais e a penca de ferraduras, espalhados aos montes; o surrão da ferramenta aberto e para fora o martelo, o puxavante e a bigorna; os embornais dependurados; as bruacas abertas e o trem de cozinha em cima de um couro; a fila de cangalhas de suadouro para o ar, à beira do rancho, — denunciaram ao arneiro que a descarga fora feita com a ordem do costume, mostrando também que à rapaziada não repugnava acompanhá-lo na aventura.

Então, o arrieiro percorreu a tropa, correndo o lombo dos animais para examinar as pisaduras; mandou atalhar à sovela algumas cangalhas, assistiu à raspagem da mulada e mandou, por fim, encostar a tropa acolá, fora da beira do capão onde costumam crescer as ervas venenosas.

Dos camaradas, o Venâncio lhe fora malungo de sempre. Conheciam-se a fundo os dois tropeiros, desde o tempo em que puseram o pé na estrada pela primeira vez, na era da fumaça, em trinta e três. Davam de língua às vezes, nos serões de pouso, um pedação de tempo, enquanto os outros tropeiros, sentados nos fardos ou estendidos sobre os couros, faziam chorar a tirana com a toada doída de uma cantilena saudosa.

Venâncio queria puxar a conversa para as coisas da tapera, pois viu logo que o Manuel Alves, ficando ai, tramava alguma das dele.

— O macho lionanco está meio sentido da viagem, só Manuel.

— Nem por isso. Aquele é couro n'água. Não é com duas distâncias desta que ele afrouxa.

— Pois olhe, não dou muito para ele urrar na subida do morro.

— Este? Não fale!

— Inda malhando nesses carrascos cheios de pedra, então é que ele se entrega de todo.

— Ora!

— Vossemecê bem sabe: por aqui não há boa pastaria; acresce mais que a tropa deve andar amilhada. Nem pasto, nem milho na redondeza desta tapera. Tudo que sairmos daqui, topamos logo um catingal verde. Este pouso não presta; a tropa amanhece desbarrigada que é um Deus nos acuda.

— Deixe de poetagens, Venâncio! Eu sei cá.

— Vossemecê pode saber, eu não duvido; mas na hora da coisa feia, quando a tropa pegar a arriar a carga pela estrada, é um vira-tem-mão e — Venâncio p'r'aqui, Venâncio p'r'acolá.

Manuel deu um muxoxo. Em seguida levantou-se de um surrão onde estivera assentado durante a conversa e chegou à beira do rancho, olhando para fora. Cantarolou umas trovas e, voltando-se de repente para o Venâncio, disse:

— Vou dormir na tapera. Sempre quero ver se a boca do povo fala verdade uma vez.

— Hum, hum! Está aí! Eia, eia, eia!

- Não temos eia nem peia. Puxe para fora minha rede.

— Já vou, patrão. Não precisa falar duas vezes.

E daí a pouco, veio com a rede cuiabana bem tecida, bem rematada por longas franjas pendentes.

— Que é que vossemecê determina agora?

— Vá lá à tapera enquanto é dia e arme a rede na sala da frente. Enquanto isso, aqui também se vai cuidando do jantar..

O caldeirão preso à rabicha grugrulhava ao fogo; a carne-seca no espeto e a camaradagem, rondando à beira do fogo lançava à vasilha olhares ávidos e cheios de angústias, na ansiosa expectativa do jantar. Um, de passagem atiçava o fogo, outro carregava o ancorote cheio de água fresca; qual corria a lavar os pratos de estanho, qual indagava pressuroso se era preciso mais lenha.

Houve um momento em que o cozinheiro, atucanado com tamanha oficiosidade, arremangou aos parceiros dizendo-lhes:

— Arre! Tem tempo, gente! Parece que vocês nuca viram feijão. Cuidem de seu que fazer, se não querem sair daqui a poder de tição de fogo!

Os camaradas se afastaram, não querendo turrar com cozinheiro em momento assim melindroso. Pouco depois chegava o Venâncio, ainda a tempo de servir o jantar ao Manuel Alves.

Os tropeiros formavam roda, agachados, com os pratos acima dos joelhos e comiam valentemente.

— Então? perguntou Manuel Alves ao seu malungo.

— Nada, nada, nada! Aquilo por lá, nem sinal de gente!

— Uai! É estúrdio!

— E vossemecê pousa lá mesmo?

— Querendo Deus, sozinho, com a franqueira e a garrucha, que nunca me atraiçoaram.

— Sua alma, sua palma, meu patrão. Mas... é o diabo!

— Ora! Pelo buraco da fechadura não entra gente, estando bem fechadas as portas. O resto, se for gente viva, antes dela me jantar eu hei de fazer por almoçá-la. Venâncio, defunto não levanta da cova. Você há de saber amanhã.

— Sua alma, sua palma, eu já disse, meu patrão; mas, olhe, eu já estou velho, tenho visto muita coisa e, com ajuda de Deus, tenho escapado de algumas. Agora, o que eu nunca quis foi saber de negócio com assombração. Isso de coisa do outro mundo p'r'aqui mais p'r'ali — terminou o Venâncio, sublinhando a última frase com um gesto de quem se benze.

Manuel Alves riu-se e, sentando-se numa albarda estendida, catou uns gravetos do chão e começou a riscar a terra, fazendo cruzinhas, traçando arabescos.... A camaradagem, reconfortada com o jantar abundante, tagarelava e ria, bulindo de vez em quando no guampo de cachaça. Um deles ensaiava um rasgado na viola e outro — namorado, talvez, encostado ao esteio do rancho, olhava para longe, encarando a barra do céu, de um vermelho enfumaçado e, falando baixinho, co'a voz tremente, à sua amada distante...

II

Enoitara-se o escampado e, com ele, o rancho e a tapera. O rolo de cera, há pouco aceso e pregado ao pé direito do rancho, fazia uma luz fumarenta. Embaixo da tripeça, o fogo estalava ainda. De longe vinham aí morrer as vozes do sapo-cachorro que latia lá num brejo afastado, sobre o qual os vaga-lumes teciam uma trama de luz vacilante. De cá se ouvia o resfolegar da mulada pastando, espalhada pelo campo. E o cincerro da madrinha, badalando compassadamente aos movimentos do animal, sonorizava aquela grave extensão erma.

As estrelas, em divina faceirice, furtavam o brilho às miradas dos tropeiros que, tomados de langor, banzavam, estirados nas caronas, apoiadas as cabeças nos serigotes, com o rosto voltado para o céu.

Um dos tocadores, rapagão do Ceará, pegou a tirar uma cantiga. E pouco a pouco, todos aqueles homens errantes, filhos dos pontos mais afastados desta grande pátria, sufocados pelas mesmas saudades, unificados no mesmo sentimento de amor à independência, irmanados nas alegrias e nas dores da vida em comum, responderam em coro, cantando o estribilho. A princípio timidamente, as vozes meio veladas deixaram entreouvir os suspiros; mas, animando-se, animando-se, a solidão foi se enchendo de melodia, foi se povoando de sons dessa música espontânea e simples, tão bárbara e tão livre de regras, onde a alma sertaneja soluça ou geme, campeia vitoriosa ou ruge traiçoeira irmã gêmea das vozes das feras, dos roncos da cachoeira, do murmulho suave do arroio, do gorjeio delicado das aves e do tétrico fragor das tormentas. O idílio ou a luta, o romance ou a tragédia viveram no relevo extraordinário desses versos mutilados, dessa linguagem brutesca da tropeirada.

E, enquanto um deles, rufando um sapateado, gracejava com os companheiros, lembrando os perigos da noite nesse ermo consistório das almas penadas — outro, o Joaquim Pampa, lá das bandas do sul, interrompendo a narração de suas proezas na campanha, quando corria à cola da bagualada, girando as bolas no punho erguido, fez calar os últimos parceiros que ainda acompanhavam nas cantilenas o cearense peitudo, gritando-lhes:

— Ché, povo! Tá chegando a hora!

O último estribilho:

Deixa estar o jacaré:
A lagoa há de secar

expirou magoado na boca daqueles poucos, amantes resignados, que esperavam um tempo mais feliz, onde os corações duros das morenas ingratas amolecessem para seus namorados fiéis:

Deixa estar o jacaré:
A lagoa há de secar

O tropeiro apaixonado, rapazinho esguio, de olhos pretos e fundos, que contemplava absorto a barra do céu ao cair da tarde, estava entre estes. E quando emudeceu a voz dos companheiros ao lado, ele concluiu a quadra com estas palavras, ditas em tom de fé profunda, como se evocasse mágoas longo tempo padecidas:

Rio Preto há de dar vau
Té pra cachorro passar!

— Tá chegando a hora!
— Hora de que, Joaquim?
— De aparecerem as almas perdidas. Ih! Vamos acender fogueiras em roda do rancho.

Nisto apareceu o Venâncio, cortando-lhes a conversa.
— Gente! O patrão já está na tapera. Deus permita que nada lhe aconteça. Mas vocês sabem: ninguém gosta deste pouso mal-assombrado.
— Escute, tio Venâncio. A rapaziada deve também vigiar a tapera. Pois nós havemos de deixar o patrão sozinho?

— Que se há de fazer? Ele disse que queria ver com os seus olhos e havia de ir só, porque assombração não aparece senão a uma pessoa só que mostre coragem.

— O povo diz que mais de um tropeiro animoso quis ver a coisa de perto; mas no dia seguinte, os companheiros tinham que trazer defunto para o rancho porque, dos que dormem lá, não escapa nenhum.

— Qual, homem! Isso também não! Quem conta um conto acrescenta um ponto. Eu cá não vou me fiando muito na boca do povo, por isso é que eu não gosto de pôr o sentido nessas coisas.

A conversa tornou-se geral e cada um contou um caso de coisa do outro mundo. O silêncio e a solidão da noite, realçando as cenas fantásticas das narrações de há pouco, filtraram nas almas dos parceiros menos corajosos um como terror pela iminência das aparições.

E foram-se amontoando a um canto do rancho, rentes uns aos outros, de armas aperradas alguns e olhos esbugalhados para o indeciso da treva; outros, destemidos e gabolas, diziam alto.

— Cá por mim, o defunto que me tentar morre duas vezes, isto tão certo como sem dúvida — e espreguiçavam-se nos couros estendidos, bocejando de sono.

Súbito, ouviu-se um gemido agudo, fortíssimo, atroando os ares como o último grito de um animal ferido de morte.

Os tropeiros pularam dos lugares, precipitando-se confusamente para a beira do rancho.

Mas o Venâncio acudiu logo, dizendo:

— Até aí vou eu, gente! Dessas almas eu não tenho medo. Já sou vaqueano velho e posso contar. São as antas-sapateiras no cio. Disso a gente ouve poucas vezes, mas ouve. Vocês têm razão: faz medo.

E os paquidermes, ao darem com o fogo, dispararam, galopando pelo capão adentro.

III

Manuel Alves, ao cair da noite, sentindo-se refeito pelo jantar, endireitou para a tapera, caminhando vagarosamente. Antes de sair, descarregou os dois canos da garrucha num cupim e carregou-a de novo, metendo em cada cano uma bala de cobre e muitos bagos de chumbo grosso. Sua franqueira aparelhada de prata, levou-a também enfiada no correão da cintura. Não lhe esqueceu o rolo de cera nem um maço de palhas. O arneiro partira calado. Não queria provocar a curiosidade dos tropeiros. Lá chegando, penetrou no pátio pela grande porteira escancarada.

Era noite.

Tateando com o pé, reuniu um molho de gravetos secos e, servindo-se das palhas e da binga, fez fogo. Ajuntou mais lenha arrancando paus de cercas velhas, apanhando pedaços de tábua de peças em ruína, e com isso, formou uma grande fogueira. Assim alumiado o pátio, o arneiro acendeu o rolo e começou a percorrer as estrebarias meio apodrecidas, os paióis, as senzalas em linha, uma velha oficina de ferreiro com o fole esburacado e a bigorna ainda em pé.

— Quero ver se tem alguma coisa escondida por aqui. Talvez alguma cama de bicho do mato.

E andava pesquisando, escarafunchando por aquelas dependências de casa nobre, ora desbeiçadas, sítio preferido das lagartixas, dos ferozes lacraus e dos caranguejos cerdosos. Nada, nada: tudo abandonado!

— Senhor! Por que seria? — inquiriu de si para si o cuiabano e parou à porta de uma senzala, olhando para o meio do pátio onde uma caveira alvadia de boi-espáceo, fincada na ponta de uma estaca, parecia ameaçá-lo com a grande armação aberta.

Encaminhou para a escadaria que levava ao alpendre e que se abria em duas escadas, de um lado e de outro, como dois lados de um triângulo, fechando no alpendre, seu vértice. No meio da parede e erguida sobre a sapata, uma cruz de madeira negra avultava; aos pés desta, cavava-se um tanque de pedra, bebedouro do gado da porta, noutro tempo.

Manuel subiu cauteloso e viu a porta aberta com a grande fechadura sem chave, uma tranca de ferro caída e um espeque de madeira atirado a dois passos no assoalho.

Entrou. Viu na sala da frente sua rede armada e no canto da parede, embutido na alvenaria, um grande oratório com portas de almofada entreabertas. Subiu a um banco de recosto alto, unido à parede e chegou o rosto perto do oratório, procurando examiná-lo por dentro, quando um morcego enorme, alvoroçado, tomou surto, ciciando, e foi pregar-se ao teto, donde os olhinhos redondos piscaram ameaçadores.

— Que é lá isso, bicho amaldiçoado? Com Deus adiante e com paz na guia, encomendando Deus e a virgem Maria...

O arrieiro voltou-se, depois de ter murmurado as palavras de esconjuro e, cerrando a porta de fora, especou-a com firmeza. Depois, penetrou na casa pelo corredor comprido, pelo qual o vento corria veloz, sendo-lhe preciso amparar com a mão espalmada a luz vacilante do rolo. Foi dar na sala de jantar, onde uma mesa escura e de rodapés torneados, cercada de bancos esculpidos, estendia-se, vazia e negra.

O teto de estuque, oblongo e escantilhado, rachara, descobrindo os caibros e rasgando uma nesga de céu por uma frincha de telhado. Por aí corria uma goteira no tempo da chuva e, embaixo, o assoalho podre ameaçava tragar quem se aproximasse despercebido. Manuel recuou e dirigiu-se para os cômodos do fundo. Enfiando por um corredor que parecia conduzir à cozinha, viu, ao lado, o teto abatido de um quarto, cujo assoalho tinha no meio um montículo de escombros. Olhou para o céu e viu, abafando a luz apenas adivinhada das estrelas, um bando de nuvens escuras, roldando. Um outro quarto havia junto desse e o olhar do arrieiro deteve-se, acompanhando a luz do rolo no braço esquerdo erguido, sondando as prateleiras fixas na parede, onde uma coisa branca luzia. Era um caco velho de prato antigo. Manuel Alves sorriu para uma figurinha de mulher, muito colorida, cuja cabeça aparecia ainda pintada ao vivo na porcelana alva.

Um zunido de vento impetuoso, constringido na fresta de uma janela que olhava para fora, fez o arrieiro voltar o rosto de repente e prosseguir o exame do casara-o abandonado. Pareceu-lhe ouvir nesse instante a zoada plangente de um sino ao longe. Levantou a cabeça, estendeu o pescoço e inclinou o ouvido, alerta; o som continuava, zoando, zoando, parecendo ora morrer de todo, ora vibrar ainda, mas sempre ao longe.

— É o vento, talvez, no sino da capela.

E penetrou num salão enorme, escuro. A luz do rolo, tremendo, deixou no chão uma réstia avermelhada. Manuel foi adiante e esbarrou num tamborete de couro, tombado aí. O arneiro foi seguindo, acompanhando uma das paredes. Chegou ao canto e entestou com a outra parede.

— Acaba aqui — murmurou.

Três grandes janelas no fundo estavam fechadas.

— Que haverá aqui atrás? Talvez o terreiro de dentro. Deixe ver...

Tentou abrir uma janela, que resistiu. O vento, fora, disparava, às vezes, reboando como uma vara de queixada em redemoinho no mato.

Manuel fez vibrar as bandeiras da janela a choques repetidos. Resistindo elas, o arneiro recuou e, de braço direito estendido, deu-lhes um empurrão violento. A janela, num grito estardalhaçante, escancarou-se. Uma rajada rompeu por ela adentro, latindo qual matilha enfurecida; pela casa toda houve um tatalar de portas, um ruído de reboco que cai das paredes altas e se esfarinha no chão.

A chama do rolo apagou-se à lufada e o cuiabano ficou só, babatando na treva.

Lembrando-se da binga sacou-a do bolso da calça; colocou a pedra com jeito e bateu-lhe o fuzil; as centelhas saltavam para a frente impelidas pelo vento e apagavam-se logo. Então, o cuiabano deu uns passos para trás, apalpando até tocar a parede do fundo. Encostou-se nela e foi andando para os lados, roçando-lhe as costas procurando o entrevão das janelas. Aí, acocorou-se e tentou de novo tirar fogo: uma faiscazinha chamuscou o isqueiro e Manuel Alves soprou-a delicadamente, alentando-a com a principio, ela animou-se, quis alastrar-se, mas de repente sumiu-se. O arrieiro apalpou o isqueiro, virou-o nas mãos e achou-o úmido; tinha-o deixado no chão, exposto ao sereno, na hora em que fazia a fogueira no pátio e percorria as dependências deste.

Meteu a binga no bolso e disse:

— Espera, diaba, que tu hás de secar com o calor do corpo.

Nesse entremente a zoada do sino fez-se ouvir de novo, dolorosa e longínqua. Então o cuiabano pôs-se de gatinhas, atravessou a faca entre os dentes e marchou como um felino, sutilmente, vagarosamente, de olhos arregalados, querendo varar a treva. Súbito, um ruído estranho fê-lo estacar, arrepiado e encolhido como um jaguar que prepara o bote.

No teto soaram uns passos apressados de tamancos pracatando e uma voz rouquenha pareceu proferir uma imprecação. O arneiro assentou-se nos calcanhares, apertou o ferro nos dentes e puxou da cinta a garrucha; bateu com o punho cerrado nos feixos da arma, chamando a pólvora aos ouvidos e esperou. O ruído cessara; só a zoada do sino continuava, intermitentemente.

Nada aparecendo, Manuel tocou para diante, sempre de gatinhas. Mas, desta vez, a garrucha, aperrada na mão direita, batia no chão a intervalos rítmicos, como a úngula de um quadrúpede manco. Ao passar junto ao quarto de teto esboroado, o cuiabano lobrigou o céu e orientou-se. Seguiu, então, pelo corredor a fora, apalpando, cosendo--se com a parede. Novamente parou ouvindo um farfalhar distante, um sibilo como o da refega no buritizal.

Pouco depois, um estrépito medonho abalou o casara-o escuro e a ventania — alcatéia de lbos rafados — investiu uivando e passou à disparada, estrondando uma janela. Saindo por aí, voltaram de novo os austros furentes, perseguindo-se, precipitando-se, zunindo, gargalhando sarcasticamente, pelos salões vazios.

Ao mesmo tempo, o arrieiro sentiu no espaço um arfar de asas, um soído áspero de aço que ringe e, na cabeça, nas costas, umas pancadinhas assustadas... Pelo espaço todo ressoou um psiu, psiu, psiu... e um bando enorme de morcegos sinistros torvelinhou no meio da ventania.

Manuel foi impelido para a frente à corrimaça daqueles mensageiros do negrume e do assombramento. De músculos crispados num começo de reação selvagem contra a alucinação que o invadia, o arneiro alapardava-se, eriçando-se-lhe os cabelos. Depois, seguia de manso, com o pescoço estendido e os olhos acesos, assim como um sabujo que negaceia.

E foi rompendo a escuridão à caça desse ente maldito que fazia o velho casarão falar ou gemer, ameaçá-lo ou repeti-lo, num conluio demoníaco com o vento, os morcegos e a treva.

Começou a sentir que tinha caído num laço armado talvez pelo maligno. De vez cm quando, parecia-lhe que uma coisa lhe arrepelava os cabelos e uns animálculos desconhecidos perlustravam seu corpo em carreira vertiginosa. No mesmo tempo, um rir abafado, uns cochichos de escárnio pareciam acompanhá-lo de um lado e de outro.

— Ah! vocês não me hão de levar assim-assim, não — exclamava o arrieiro para o invisível. — Pode que eu seja onça presa na arataca. Mas eu mostro! Eu mostro!

E batia com força a coronha da garrucha no solo ecoante.

Súbito, uma luz indecisa, coada por alguma janela próxima, fê-lo vislumbrar um vulto branco, esguio, semelhante a uma grande serpente, coleando, sacudindo-se. O vento trazia vozes estranhas das socavas da terra, misturando-se com os lamentos do sino, mais acentuados agora.

Manuel estacou, com as fontes latejando, a goela constrita e a respiração curta. A boca semi-aberta deixou cair a faca: o fôlego, a modo de um sedenho, penetrou-lhe na garganta seca, sarjando-a e o arneiro roncou como um barra-o acuado pela cachorrada. Correu a mão pelo assoalho e agarrou a faca; meteu-a de novo entre os dentes, que rangeram no ferro; engatilhou a garrucha e apontou para o monstro; uma pancada seca do cão no aço do ouvido mostrou-lhe que sua arma fiel o traía. A escorva caíra pelo chão e a garrucha negou fogo. O arneiro arrojou contra o monstro a arma traidora e gaguejou em meia risada de louco:

— Mandingueiros do inferno! Botaram mandinga na minha arma de fiança! Tiveram medo dos dentes da minha garrucha! Mas vocês hão de conhecer homem, sombrações do demônio!

De um salto, arremeteu contra o inimigo; a faca, vibrada com ímpeto feroz, ringiu numa coisa e foi enterrar a ponta na tábua do assoalho, onde o sertanejo, apanhado pelo meio do corpo num laço forte, tombou pesadamente.

A queda assanhou-lhe a fúria e o arneiro, erguendo-se de um pulo, rasgou numa facada um farrapo branco que ondulava no ar. Deu-lhe um bote e estrincou nos dedos um como tecido grosso. Durante alguns momentos ficou no lugar, hirto, suando, rugindo.

Pouco a pouco foi correndo a mão cautelosamente, tateando aquele corpo estranho que seus dedos arrochavam! era um pano, de sua rede, talvez, que o Venâncio armara na sala da frente.

Neste instante, pareceu-lhe ouvir chascos de mofa nas vozes do vento e nos assovios dos morcegos; ao mesmo tempo, percebia que o chamavam lá dentro Manuel, Manuel, Manuel — em frases tartamudeadas. O arneiro avançou como um possesso, dando pulos, esfaqueando sombras que fugiam.

Foi dar na sala de jantar onde, pelo rasgão do telhado, pareciam descer umas formas longas, esvoaçando, e uns vultos alvos, em que por vezes pastavam chamas rápidas, dançavam-lhe diante dos olhos incendidos. O arneiro não pensava mais. A respiração se lhe tornara estertorosa; horríveis contrações musculares repuxavam-lhe o rosto e ele, investindo as sombras, uivava:

— Traiçoeiras! Eu queria carne para rasgar com este ferro! Eu queria osso para esmigalhar num murro.

As sombras fugiam, esfloravam as paredes em ascensão rápida, iluminando-lhe subitamente o rosto, brincando-lhe um momento nos cabelos arrepiados ou dançando-lhe na frente. Era como uma chusma de meninos endemoniados a zombarem dele, puxando-o daqui, beliscando-o d'acolá, açulando-o como a um cão de rua.

O arneiro dava saltos de úgre, arremetendo contra o inimigo nessa luta fantástica: rangia os dentes e parava depois, ganindo como a onça esfaimada a que se escapa a presa. Houve um momento em que uma coréia demoníaca se concertava ao redor dele, entre uivos, guinchos, risadas ou gemidos. Manuel ia recuando e aqueles círculos infernais o iam estringindo; as sombras giravam correndo, precipitando-se, entrando numa porta, saindo noutra, esvoaçando, rojando no chão ou saracoteando desenfreadamente.

Um longo soluço despedaçou-lhe a garganta num ai sentido e profundo e o arneiro deixou cair pesadamente a mão esquerda espalmada num portal, justamente quando um morcego, que fugia amedrontado, lhe deu uma forte pancada no rosto. Então, Manuel pulou novamente para diante, apertando nos dedos o cabo da franqueira fiel; pelo rasgão do telhado novas sombras desciam e algumas, quedas, pareciam dispostas a esperar o embate.

O arneiro rugiu:

— Eu mato! Eu mato! Mato! — e acometeu com de alucinado aqueles entes malditos. De um foi cair no meio das formas impalpáveis e vacilantes. fragor medonho se fez ouvir; o assoalho podre cedeu barrote, roído de cupins, baqueou sobre uma coisa e desmoronava embaixo da casa. O corpo de Manuel, tragado pelo buraco que se abriu, precipitou-se e tombou lá embaixo. Ao mesmo tempo, um som vibrante de metal, um tilintar como de moedas derramando-se pela fenda uma frasqueira que se racha, acompanhou o baque do corpo do arneiro.

Manuel lá no fundo, ferido, ensangüentado, arrastou-se ainda, cravando as unhas na terra como um ururau golpeado de morte. Em todo o corpo estendido com o ventre na terra, perpassava-lhe ainda uma crispação de luta; sua boca proferiu ainda: — "Eu mato ! Mato! Ma..." — e um silêncio trágico pesou sobre a tapera.

IV

O dia estava nasce-não-nasce e já os tropeiros tinham pegado na lida. Na meia luz crepitava a labareda embaixo do caldeirão cuja tampa, impelida pelos vapores que subiam, rufava nos beiços de ferro batido. Um cheiro de mato e de terra orvalhada espalhava-se com a viração da madrugada.

Venâncio, dentro do rancho, juntava, ao lado de cada cangalha, o couro, o arrocho e a sobrecarga. Joaquim Pampa fazendo cruzes na boca aos bocejos freqüentes, por impedir que o demônio lhe penetrasse no corpo, emparelhava os fardos, guiando-se pela cor dos topes cosidos aqueles. Os tocadores, pelo campo a fora, ecavam um para o outro, avisando o encontro de algum macho fujão. Outros, em rodeio, detinham-se no lugar em que se achava a madrinha, vigiando a tropa.

Pouco depois ouviu-se o tropel dos animais demandando o rancho. O cincerro tilintava alegremente, espantando os passarinhos que se levantavam das touceiras de arbustos, voando apressados. Os urus, nos capões, solfejavam à aurora que principiava a tingir o céu e manchar de púrpura e ouro o capinzal verde.

— Eh, gente! o orvalho 'stá cortando, êta! Que tempão tive briquitando co'aquele macho "pelintra". Diabo o leve! Aquilo é próprio um gato: não faz bulha no mato e não procura as trilhas, por não deixar rastro.

— E a "Andorinha"? Isso é que é mula desabotinada! Sopra de longe que nem um bicho do mato e desanda na carreira. Ela me ojerizou tanto que eu soltei nela um matacão de pedra, de que ela havia de gostar pouco.

A rapaziada chegava à beira do rancho, tangendo a tropa.

— Que é da giribita? Um trago é bom para cortar algum ar que a gente apanhe. Traze o guampo, Aleixo.

— Uma hora é frio, outra é calor, e vocês vão virando, cambada do diabo! — gritou o Venâncio.

— Largue da vida dos outros e vá cuidar da sua, tio Venâncio! Por força que havemos de querer esquentar o corpo: enquanto nós, nem bem o dia sonhava de nascer, já estávamos atolados no capinzal molhado, vossemecê tava aí na beira do fogo, feito um cachorro velho.

— Tá bom, tá bom, não quero muita conversa comigo não. Vão tratando de chegar os burros às estacas e de suspender as cangalhas. O tempo é pouco e o patrão chega de uma hora para a outra. Fica muito bonito se ele vem encontrar essa sinagoga aqui! E por falar nisso, é bom a gente ir lá. Deus é grande! Mas eu não pude fechar os olhos esta noite! Quando ia querendo pegar no sono, me vinha à mente alguma que pudesse suceder a só Manuel. Deus é grande!

Logo-logo o Venâncio chamou pelo Joaquim Pampa, pelo Aleixo e mais o José Paulista.

Deixamos esses meninos cuidando do serviço e nós vamos lá.

Nesse instante, um molecote chegou com o café. A rapaziada cercou-o. O Venâncio e seus companheiros, depois de terem emborcado os cuités, partiram para a tapera.

Logo à saída, o velho tropeiro refletiu um pouco alto:

— É bom ficar um aqui tomando conta do serviço. Fica você, Aleixo.

Seguiram os três, calados, pelo campo a fora, na luz Suave de antemanhã. Concentrados em conjeturas sobre a sorte do arneiro, cada qual queria mostrar-se mais sereno, andando lépido e de rosto tranqüilo; cada qual, escondia do outro a angústia do coração e a fealdade do prognóstico.

José Paulista entoou uma cantiga que acaba neste estribilho:

A barra do dia ai vem!
A barra do sol também,
Ai!

E lá foram, cantando todos três, por espantar as mágoas. Ao entrarem no grande pátio da frente, deram com os restos da fogueira que Manuel Alves tinha feito Da véspera. Sem mais detença, foram-se barafustando pela escadaria do alpendre, em cujo topo a porta de fora lhes cortou o passo. Experimentaram-na primeiro. A porta, fortemente especada por dentro, rinchou e não cedeu.

Forcejaram os três e ela resistiu ainda. Então, José Paulista correu pela escada abaixo e trouxe ao ombro um cambão, no qual os três pegaram e, servindo-se dele como de um aríete, marraram com a porta. As ombreiras e a verga vibraram aos choques violentos cujo fragor se foi evolumando pelo casarão adentro em roncos profundos.

Em alguns instantes o espeque, escapulindo do lugar, foi arrojado no meio do sôlho. A caliça que caia encheu de pequenos torrões esbranquiçados os chapéus dos tropeiros — e a porta escancarou-se.

Na sala da frente deram com a rede toda estraçalhada.

— Mau, mau, mau! — exclamou Venâncio não podendo mais conter-se. Os outros tropeiros, de olhos esbugalhados, não ousavam proferir uma palavra. Apenas apalparam com cautela aqueles farrapos de pano, malsinados, com certeza, ao contato das almas do outro mundo.

Correram a casa toda juntos, arquejando, murmurando orações contra malefícios.

— Gente, onde estará sô Manuel? Vocês não me dirão pelo amor de Deus? — exclamou o Venâncio.

Joaquim Pampa e José Paulista calavam-se perdidos em conjeturas sinistras.

Na sala de jantar, mudos um frente do outro, pareciam ter um conciliábulo em que somente se lhes comunicassem os espíritos. Mas, de repente, creram ouvir, pelo buraco do assoalho, um gemido estertoroso. Curvaram-se todos; Venâncio debruçou-se, sondando o porão da casa.

A luz, mais diáfana, já alumiava o terreiro de dentro e entrava pelo porão: o tropeiro viu um vulto estendido.

— Nossa Senhora! Corre, gente, que sô Manuel está lá embaixo, estirado!

Precipitaram-se todos para a frente da casa, Venâncio adiante. Desceram as escadas e procuraram o portão que dava para o terreiro de dentro. Entraram por ele a fora e, embaixo das janelas da sala de jantar, um espetáculo estranho deparou-se-lhes:

O arneiro, ensangüentado, jazia no chão estirado; junto de seu corpo, de envolta com torrões desprendidos da abóbada de um forno desabado, um chuveiro de moedas de ouro luzia.

— Meu patrão! Sô Manuelzinho! Que foi isso? Olhe seus camaradas aqui. Meu Deus! Que mandinga foi esta? E a ourama que alumia diante dos nossos olhos?!

Os tropeiros acercaram-se do corpo do Manuel, por onde passavam tremores convulsos. Seus dedos encarangados estrincavam ainda o cabo da faca, cuja lâmina se enterrara no chão; perto da nuca e presa pela gola da camisa, uma moeda de ouro se lhe grudara na pele.

— Sô Manuelzinho! Ai meu Deus! P'ra que caçar histórias do outro mundo! Isso é mesmo obra do capeta, porque anda dinheiro no meio. Olha esse ouro, Joaquim! Deus me livre!

— Qual, tio Venâncio — disse por fim José Paulista.— Eu já sei a coisa. Já ouvi contar casos desses. Aqui havia dinheiro enterrado e, com certeza, nesse forno que com a boca virada para o terreiro. Aí é que está a Ou esse dinheiro foi mal ganho, ou porque o certo é que almas dos antigos donos desta fazenda não podiam sossegar enquanto não topassem um homem animoso para lhe darem o dinheiro, com a condição de cumprir, por intenção delas, alguma promessa, pagar alguma dívida, mandar dizer missas; foi isso, foi isso! E o patrão é homem mesmo! Na hora de ver a assombração, a gente precisa de atravessar a faca ou um ferro na boca, p'r'amor de não perder a fala. Não tem nada, Deus é grande!

E os tropeiros, certos de estarem diante de um fato sobrenatural, falavam baixo e em tom solene. Mais de uma vez persignaram-se e, fazendo cruzes no ar, mandavam ê que quer que fosse — "para as ondas do mar" ou "para as profundas, onde não canta galo nem galinha".

Enquanto conversavam iam procurando levantar do chão o corpo do arneiro, que continuava a tremer. Ás vezes batiam-se-lhe os queixos e um gemido entrecortado lhe arrebentava da garganta.

— Ah ! Patrão, patrão - Vossemecê, homem tão duro, hoje tombado assim! Valha-nos Deus! São Bom-Jesus do Cuiabá! Olha sô Manuel, tão devoto seu! — gemia o Venâncio.

O velho tropeiro, auxiliado por Joaquim Pampa procurava, com muito jeito, levantar do chão o corpo do arneiro sem magoá-lo. Conseguiram levantá-lo nos braços trançados em cadeirinha e, antes de seguirem o rumo do rancho, Venâncio disse ao José Paulista:

— Eu não pego nessas moedas do capeta. Se você não tem medo, ajunta isso e traz.

Paulista encarou algum tempo o forno esboroado, onde os antigos haviam enterrado seu tesouro. Era o velho forno para quitanda. A ponta do barrote que o desmoronara estava fincada no meio dos escombros. O tropeiro olhou para cima e viu, no alto, bem acima do forno o buraco do assoalho por onde caíra o Manuel.

— É alto deveras! Que tombo! — disse de si para si. — Que há de ser do patrão? Quem viu sombração fica muito tempo sem poder encarar a luz do dia. Qual! Esse dinheiro há de ser de pouca serventia. Para mim, eu não quero:

Deus me livre; então é que eu tava pegado com essas almas do outro mundo! Nem é bom pensar!

O forno estava levantado junto de um pilar de pedra sobre o qual uma viga de aroeira se erguia suportando a madre. De cá se via a fila dos barrotes estendendo-se para a direita até ao fundo escuro.

José Paulista começou a catar as moedas e encher os bolsos da calça; depois de cheios estes, tirou do pescoço seu grande lenço de cor e, estendendo-o no chão o foi enchendo também; dobrou as pontas em cruz e amarrou--as fortemente. Escarafunchando os escombros do forno achou mais moedas e com estas encheu o chapéu. Depois partiu, seguindo os companheiros que já iam longe, conduzindo vagarosamente o arneiro.

As névoas volateantes fugiam impelidas pelas auras da manhã; sós, alguns capuchos pairavam, muito baixos, nas depressões do campo, ou adejavam nas cúpulas das árvores. As sombras dos dois homens que carregavam o ferido traçaram no chão uma figura estranha de monstro. José Paulista, estugando o passo, acompanhava com os olhos o grupo que o precedia de longe.

Houve um instante em que um pé-de-vento arrancou ao Venâncio o chapéu da cabeça. O velho tropeiro voltou--se vivamente; o grupo oscilou um pouco, concertando os braços do ferido; depois, pareceu a José Paulista que o Venâncio lhe fazia um aceno: "apanhasse-lhe o chapéu".

Aí chegando, José Paulista arreou no chão o ouro, pôs na cabeça o chapéu de Venâncio e, levantando de novo a carga, seguiu caminho a fora.

À beira do rancho, a tropa bufava escarvando a terra, abicando as orelhas, relinchando à espera do milho que não vinha. Alguns machos malcriados entravam pelo rancho adentro, de focinho estendido, cheirando os embornais.

Às vezes ouvia-se um grito: — Toma, diabo! — e um animal espirrava para o campo à tacada de um tropeiro.

Quando lá do rancho se avistou o grupo onde vinha o arneiro, correram todos. O cozinheiro, que vinha do ôlho-d'água com o odre às costas, atirou com ele ao chão e disparou também. Os animais já amarrados, espantando-se escoravam nos cabestros. Bem depressa a tropeirada cercou o grupo. Reuniram-se em mó, proferiram exclamações, benziam-se, mas logo alguém lhes impôs silêncio, porque voltaram todos, recolhidos, com os rostos consternados.

O Aleixo veio correndo na frente para armar a rede de tucum que ainda restava.

Foram chegando e José Paulista chegou por último. tropeiros olharam com estranheza a carga que este conduzia; ninguém teve, porém, coragem de fazer uma pergunta: contentaram-se com interrogações mudas. Era o sobrenatural, ou era obra dos demônios. Para que saber mais? Não estava naquele estado o pobre do patrão?

O ferido foi colocado na rede havia pouco armada. dos tropeiros chegou com uma bacia de salmoura; outro, correndo do campo com um molho de arnica, pisava a planta para extrair-lhe o suco. Venâncio, com pano embebido, banhava as feridas do arneiro cujo corpo vibrava, então, fortemente.

Os animais olhavam curiosamente para dentro do rancho, afilando as orelhas.

Então Venâncio, com a fisionomia decomposta, numa apoiadura de lágrimas, exclamou aos parceiros:

— Minha gente! Aqui, neste deserto, só Deus Nosso Senhor! É hora, meu povo! — E ajoelhando-se de costas para o sol que nascia, começou a entoar um — "Senhor Deus, ouvi a minha oração e chegue a vós o meu clamor!" — E trechos de salmos que aprendera em menino, quando lhe ensinaram a ajudar a missa, afloram-lhe à boca.

Os outros tropeiros foram-se ajoelhando todos atrás do velho parceiro que parecia transfigurado. As vozes foram subindo, plangentes, desconcertadas, sem que ninguém compreendesse o que dizia. Entretanto, parecia haver uma ascensão de almas, um apelo fremente "in excelsis", na fusão dos sentimentos desses filhos do deserto. Ou era, vez, a própria voz do deserto mal ferido com as feridas seu irmão e companheiro, o fogoso cuiabano.

De feito, não pareciam mais homens que cantavam: era um só grito de angústia, um apelo de socorro, que do seio largo do deserto às alturas infinitas: — "Meu coração está ferido e seco como a erva... Fiz-me como a coruja, que se esconde nas solidões!... Atendei propicio à oração do desamparado e não desprezeis a sua súplica..."

E assim, em frases soltas, ditas por palavras não compreendidas, os homens errantes exalçaram sua prece com as vozes robustas de corredores dos escampados. Inclinados para a frente, com o rosto baixado para terra, as mãos batendo nos peitos fortes, não pareciam dirigir uma oração humilde de pobrezinhos ao manso e compassivo Jesus, senão erguer um hino de glorificação ao "Agios Ischiros", ao formidável "Sanctus, Sanctus, Dominus Deus Sabaoth".

Os raios do sol nascente entravam quase horizontalmente no rancho, aclarando as costas dos tropeiros, esflorando-lhes as cabeças com fulgurações trêmulas. Parecia o próprio Deus formoso, o Deus forte das tribos e do deserto, aparecendo num fundo de apoteose e lançando uma mirada, do alto de um pórtico de ouro, lá muito longe, àqueles que, prostrados em terra, chamavam por Ele.

Os ventos matinais começaram a soprar mais fortemente, remexendo o arvoredo do capão, carregando feixes de folhas que se espalhavam do alto. Uma ema, abrindo as asas, galopava pelo campo... E os tropeiros, no meio de uma inundação de luz, entre o canto das aves despertadas e o resfolegar dos animais soltos que iam fugindo da beira do rancho, derramavam sua prece pela amplidão imensa.

Súbito, Manuel, soerguendo-se num esforço desesperado, abriu os olhos vagos e incendidos de delírio. A mão direita contraiu-se, os dedos crisparam-se como se apertassem o cabo de uma arma pronta a ser brandida na luta... e seus lábios murmuraram ainda, em ameaça suprema:

— Eu mato!... Mato!... Ma...

A Cadeirinha

Naquele fundo de sacristia, escondida ou arredada como si fora uma imagem quebrada cuja ausência do altar o decoro do culto exige, encontrei a cadeirinha azul, forrada de damasco cor de ouro velho. Na frente e no fundo, dois pequenos painéis pintados em madeira com traços finos e expressivos. Representava cada qual uma dama do antigo regime. A da frente, vestida de seda branca, contrastava a alvura do vestido e o tênue colorido da pele como negrume dos cabelos repuxados em trunfa alta e o vivo carmim dos lábios; tinha um ar desdenhoso e fatigado de fidalga elegante para quem os requintes da etiqueta e galanteios dos salões são já coisas velhas e comezinhas. A outra, mais antiga ainda, trazia as melenas em cachos artísticos sobre as fontes e as pequeninas orelhas; um leque de marfim semiaberto comprimia-lhe os lábios rebeldes que queriam expandir-se num riso franco; os olhos grandes e negros tinham mais paixão e mais alma. Esta contemporânea de La Vallière[6], que o artista anônimo perpetuou na madeira da cadeirinha, não se parecia muito com aquela meiga vítima da régia concupiscência; ao contrário, um certo arregaçado das narinas, uma ponta de ironia que lhe voejava na comissura da boca breve e enérgica — tudo

---

6 Luísa Francisca de La Baume Le Blanc (1644 — 1710), foi uma famosa amante de Luís XIV de França.

isso mostrava estar ali naquele painel representada uma mulher meridional, ardente e vivaz, pronta ao amor apaixonado ou à luta odienta. Aqueles mesmos bicos alvos de renda que, acompanhando a curva do decote, pareciam recortar o moreno jambeado daquele colo de sultana, os mesmos bicos de renda estavam a dizer, sobre o doce palor amorenado do colo, que a dama dos olhos ardentes tinha escondidas no canto dos lábios a doçura da ambrosia e a peçonha da serpente.

Sem querer acrescentar mais ao já dito sobre as damas, perguntava de mim para mim se o pintor do século passado, ao traçar com tanta correção e finura os dois retratos de mulher, transmitindo-lhes em cada cabelo do pincel uma chama de vida, não estaria realmente diante de dois espécimes raros de filhos de Eva, de duas heroínas que por serem de comédia ou de ópera nem por isso deixam de o ser da vida real?

— Quem sabe se a Fontanges e a Montespan[7]?

— Qual! impossível!

— Impossível, não! porque a cadeirinha podia perfeitamente ter sido pintada em França e era até mais natural crê-lo; porquanto a finura das tintas e a correção dos traços pareciam indicar um artista das grandes cortes da época.

E assim, em tais conjecturas, pus-me a examinar mais detidamente o velho e delicado veículo, relíquia do século

---

7 Maria Angélica de Scorailles, duquesa de Fontanges (1661 - 1681) e Francisca Atenas de Rochechouart, Marquesa de Montespan (1640 – 1707), nobres francesas e famosas amantes do rei Luís XIV de França.

passado, sobrevivendo não sei porque na sacristia da igreja de um modesto arraial mineiro. Os varais, conformes à moda bizarra do tempo, terminavam em cabeças de dragões com as fauces abertas e sanguentas e os olhos com uma expressão de ferocidade estúpida. O forro de cima formava um pequeno dossel de trono senhorial; e o ouro velho do damasco que alcatifava também dois dois assentos fronteiriços não tem igual nas casas de modas de agora.

Qual das matronas de Ouro-Preto, ou das cidades que como esta alcançam mais de um século, não terá visto, ou pelo menos ouvido falar com insistência, quando meninas, nas cadeirinhas conduzidas por lacaios de libré, onde as moçoilas e as damas de outrora se faziam delicadamente transportar?

Quem não fará reviver na imaginação uma das cenas galantes da cortesia antiga em que, através da portinhola cortada de caprichosos lavores de talha, passava um rostosinho enrubescido e dois olhos de veludo a pousarem de leve sobre o cavaleiro de espadim com quem a misteriosa dama cruzava na passagem?

Também, ó pobre cadeirinha, lá terias o teu dia de caiporismo: havia de chegar a hora em que, em vez dos saltos vermelhos de um sapatinho de cetim calçando um pesinho delicado, teu fundo fosse calçado pela chanca esparramada de alguma cetácea obesa e tabaquista. Como havia de gemer então a alcatifa de damasco cor de ouro velho revoltada contra semelhante profanação: — alguma mulata velha e alentada, apreciadora da mecha ou do rolão, a refocilar-se na cadeirinha, espalhando a toucinheira das nádegas num dos assentas fronteiriços! Nem foram desses os teus piores dias, ó saudosa cadeirinha! Já pelos anos de tua velhice, quando, como agora, sobrevivias ao teu belo tempo passado, quando, perdidos teus antigos donos, alguém se lembrou de carregar-te para a sacristia da igreja, não te davam outro serviço que não o de transportares, como esquife, cadáveres de anjinhos pobres ao cemitério, ou semelhante às maças das ambulâncias militares, o de conduzires ao hospital feridos ou enfermos desvalidos.

Que cruel vingança não toma aquela época longínqua por lhe teres sobrevivido! Coisa inteiramente fora da moda, o contraste flagrante que formas com o mundo circundante é uma prova evidente de tua próxima eliminação, ó velha cadeirinha dos tempos mortos!

Mas, é assim a vida: as espécies, como os indivíduos, vão desaparecendo ou se transformando em outras espécies e em outros indivíduos mais perfeitos, mais complicados, mais aptos para o meio atual, porém muito menos grandiosos que os passados. Que figura faria o elefante de hoje, resto exótico da fauna terciaria, ao lado do megatério? A de um filhote deste. E no entanto, bem cedo, talvez nos nossos dias, desaparecerá o elefante, por já estar em desarmonia com a fauna atual, por constituir já aquele doloroso contraste de que falamos acima e que é o primeiro sintoma da próxima eliminação do grande paquiderme.

Parece que o progresso marcha para a dispersão, a desagregação e o formigamento. Um grande organismo tomba e se decompõe e vai formar uma inumerável quantidade de seres ávidos de vida. A morte, essa grande ilusão humana, é o início daquela dispersão, ou antes a fonte de muitas vidas. E que grande consoladora!

Lembra-me ter visto, há tempos, um octogenário de passo trôpego e cara rapada passeando em trajes domingueiros a pedir uma carícia ao sol. Dirigi-lhe a palavra e detivemo-nos largo espaço a falar dos costumes, das coisas e dos homens do outro tempo. Nisso surpreendeu-nos um magote de garotos que escaramuçou o velho a vaias. O pobre do ancião já ia seguindo seu caminho quando o abordou a meninada; não apressou o passo nem perdeu aquela serenidade de quem já tinha domado as fúrias das paixões com o vencer os anos. Vi-o ainda voltar-se com o rosto engelhado numa risada tristíssima, a comprida japona abanando ao vento e dizer, em tom de convicção profunda: "Ai dos velhos, se não fosse a morte!" Parecia uma banalidade, mas não era senão o apelo supremo, a prece fervente que esse exilado fazia a Deus para que pusesse termo ao seu exílio, onde ele estava fora dos seus amigos, dos seus costumes, de tudo quanto lhe podia falar ao coração. O próprio aspecto da terra não era o mesmo que no seu tempo, porque também os riachos mudam de leito, as grandes árvores tombam e o solo se rasga em fundos precipícios à ação pertinaz das chuvas.

Porque, pois, a pobre cadeirinha, esse mimo de graça, esse traste casquilho, essa fiel companheira da vida de sociedade, da vida palaciana, da vida de corte com seus apuros e suas intrigas, suas vinganças pequeninas, seus amores, para que sobrevive e porque a não pôs em pedaços um braço robusto empunhando um machado benfazejo? Ao menos evitaria esse dolorosíssimo ridículo, essa exposição indecorosa de nudez de velha!

Já tiveste dias de glória, cadeirinha de outros tempos! Pois bem: desaparece agora, vai ao fogo e pede que te reduza a cinzas! É mil vezes preferível a essa decadência em que te achas e até mesmo à hipótese mais lisonjeira de te perpetuarem num museu. Deves preferir a paz do aniquilamento à glória de figurares numa coleção de objetos antigos, exposta à curiosidade dos papalvos e às lorpas considerações dos burgueses, mofada e tristonha. Morre, desaparece, que talvez — porque não? — a tua dona mais gentil, aquela para quem tuas alcatifas tinham mais delicada carícia ao receber-lhe o corpinho mimoso, aquela que rescendia um perfume longínquo do roseiro do Chiraz talvez te conduza para alguma região ideal, dourada e fugidia, inacessível aos homens...

Desaparece, aniquila-te, ou foge, cadeirinha! Lá, naquela mansão bem-aventurada, pegarão teus varais, não lacaios de libré, mas alvos mancebos de vestes brilhantes e olhar atrevido. Estes conduzirão através de nuvens a criatura feiticeira que encantou o seu tempo e que deixou impressa no tabuado de teu fundo, ó cadeirinha de outras eras, como uma carícia eterna, a lembrança do contato de um pé-taful, calçadinho de cetim.

Joaquim Mironga

O sol estava querendo sumir, quando eu encostei a porteira. Pulei da sela e amarrei, no moirão, o ruço pedrês — bicho malcriado, reparador, mas de espírito. No lombo desse pagão eu comia doze léguas, de uma assentada. Olhei a frente da casa, pus a mira no alpendre e não vi ninguém. — Uai, Joaquim, aí tem coisa! — Entrei bem sutil, reparando duma banda e outra.

"Patrão velho, na hora em que eu estava arreando o pedrês, tinha chegado perto de mim, dizendo: — Olha lá, Mironga, não me vás sair um perrengue!

— Perrengando, perrengando, meu branco, eu entrei lá dentro. Vossemecê há de ver, com o favor de Deus.

— Olha o café, Joaquim, sem te cortar a conversa — disse um caboclo meão, de chapéu de couro e sisigola[8]. E estendeu o cuité[9] fumarento, onde parecia ainda borbulhar o líquido.

Na varanda da frente, a gente do retiro estava reunida para ouvir o Joaquim, Era tempo de vaquejada e todo o dia havia um caso novo, uma chifrada de marruá, uma passagem bem feita com algum garrote bravo. A varanda era

---

8 Refere-se a uma das peças do arreio do cavalo.
9 A cuieira é uma planta com flor pertencente à família Bignoniaceae. Popularmente, ela é reconhecida por diversos nomes, tais como cuieira, cabaceira, árvore-de-cuia, cuitê, cuité, coité e cabaça. A utilização dos frutos da cuieira para a confecção de pequenas vasilhas, chamadas «cuités», é uma prática tradicional em várias regiões, representando não apenas um artesanato local, mas também uma parte da cultura e história associadas à planta e à sua utilização pelos seres humanos

comprida, defendendo-a do mau tempo a grande cimalha, apoiada em colunas de madeira lavrada. Presas a estas, duas ou três redes, tecidas de seda de buriti, embalavam o sono da camaradagem, que ruminava o jantar depois de um dia fadigoso, em que o gado na verdade dera que fazer. Demais, esse gado de beira do rio Preto não era caçoada. E nesse dia, no cerrado do Periquito, os vaqueiros toparam uma rês alevantada, que fez o diabo.

Mas o Joaquim não era homem de ficar quieto assim, de barriga para o ar, como qualquer tiú ao sol. Era preciso animar a rapaziada na véspera de qualquer trabalho mais difícil.

Para o dia seguinte, o patrão tinha marcado uma campeação no cortado do Garapa, onde havia um cambaudal de meter medo. E as reses velhacas sovertiam-se lá dentro, que só mesmo o capeta podia com elas.

Quando ia ficando lusco-fusco, o povo campeiro chegava para a banda de fora, atiçava o fogo e pegava a contar casos, a passar em revista os sucessos de vida de cada um.

Mironga, vaqueiro meio maduro, era respeitado por sua justa fama e pelo conceito de que gozava junto ao patrão.

— Como ia dizendo, encostei a porteira ao batente e entrei sutil.

O pátio estava soturno. Nem viva alma. Isso no tempo das guerras bravas da era de quarenta e dois. Patrão velho andava amoitado. Amoitado é um modo de dizer, porque ele dormia, lá vez em quando, num rancho de palmito no meio do mato, mas zanzava de uma banda para outra o dia inteiro, sem perder de vista a casa do retiro onde estava a família. Eu não lhe deixava a costela: vivia rente com ele para o que desse e viesse, porque, Deus louvado, nunca me desprezou, e nós da família servimos até à morte a gente do patrão, isso desde meus velhos.

Quando entraram lá na cidade as forças do defunto coronel Joaquim Pimentel para agarrarem os rebeldes, patrão velho teve aviso. Ele era homem de opinião e não fugia assim com dois arrancos. E demais disso, a patroa estava chegadinha a ter menino, esse pedação de moço que vocês veem aqui hoje — Sô Neco.

Um dia, nós já tínhamos jantado na fazenda e eu tinha descido [ara o quarto dos arreios, quando, a entrada que vem da Barra da Égua. olhando pelo caminho afora, eu enxerguei uns cavaleiros chegando devagar, como quem não conhecia bem o lugar e — desconfiava de alguma coisa. Subi arriba e mostrei os cavaleiros ao patrão.

— Aquilo não é senão escolta e é para prender vossemecê.

Para que falei, meu Deus! foi uma trabusana levada em casa. A patroa tomou um susto muito grande e desandou a chorar; as mucamas trançavam pelos quartos, correndo.

"Com pouca dúvida, acenderam o círio bento junto da imagem do menino Jesus e a patroa tirou reza, acompanhada das mucamas e dos negrinhos. Patrão velha não saiu do alpendre. Gritou pelos companheiros e da negrada.

— hoje é dia — disse eu cá comigo.

Tudo quanto era clavinota, trabuco e bacamarte saiu para fora. Qual, gente! nem eu gosto de lembrar desse tempo!

Sô moço, sô Juca, filho mais velho do patrão ainda não tinha, a bem dizer, nem buço de barba. Era espigadinho e animado. Eu sei quanto me custava ter mão nesse menino nos dias de vaquejada. Não havia garrote que ele não quisesse esperar na ponta da vara, nem cavalo xucro de que ele não quisesse tirar a nica. Ia já beirando pelos dezesseis anos, mas não mostrava.

Oh! meu São Sebastião advogado dos aflitos! quando me acode à lembrança essa era amaldiçoada, sinto a modo de um travo na boca."

Resfolegou forte o Mironga e, tirando o cigarro da fita do chapéu, bateu fogo, puxando fumaça.

A camaradagem, mudando de posição e concertando-se nos lugares, murmurava:

— Esse Joaquim é da pele, é da pele do diabo! ele já tem visto coisas!

Vocês sabem, continuou o Joaquim, que a frente da fazenda, além dos muros de pedra, tinha o cercado feito com toras de madeira-de-lei. Aquela segurança toda era por não deixar o gado romper, quando investisse, na arrancada. Valeu-nos Deus que era assim. Estivemos engambelando a escolta um dia e metade de uma noite, debaixo do fogo. A soldadesca era toda de cavalaria, mas não era gente curraleira e, por isso, não conhecia nossa batidas. Não foi custoso mitrar aqueles diabos. E esse rio Preto — bem que eu gosto dele! — foi a nossa salvação, ele passa nos fundos da fazenda, fechando uma manga de potros separados das éguas.

Anoitecemos e não amanhecemos na fazenda. Com o escuro, ganhamos uma trilha pela manga abaixo — eu, patrão, patroa, meninos, mucamas, toda a gente de dentro; os campeiros e os negros ficaram entretanto a soldadesca, rebentando as pipocas toda a hora.

Você lembra, Pio, daquela canoa em que o patrãozinho caçou anta rio abaixo?

— Ora! Pois então!?

— Foi nela mesmo que estivemos passando o povo para a outra banda, eu no varejão e Basílio no remo. Quando chegamos do outro lado, adeus escolta! Não havia ponte, nem vau. Se eles quisessem nos perseguir haviam de atravessar o rio a nado, ou, quando não, rodear as cabeceiras, porque as nossas canoas ficaram muito bem escondidas do outro lado.

Ganhamos, sem maior novidade, a barranca fronteira e pousamos num retiro da outra banda, a duas léguas do rio.

— Até eles passarem também, temos tempo — dizia comigo.

— Sô moço, sô Juca, desde a hora da saída, ficou meio estrudido, sempre de cara fechada. Ele tinha teimado muito com o patrão velho, querendo ficar. Dizia que aqueles demônios de caramurus não haviam de tomar conta da fazenda assim, com dois tiros e meio. Mas o patrão ficou brabo com ele e não lhe tirou mais os olhos de cima até passarmos o rio. O patrão sabia que o mocinho não era brinquedo e que, se não lhe tivesse mão, era bem capaz de voltar para a fazenda e puxar briga com os caramurus da escolta.

Arranchamos no retiro e a família toda, acomodou-se, como Deus foi servido. O patrão estava acostumado a lidar sempre e aproveitou o tempo para cuidar da criação empastada naquela redondeza.

Nisto as coisas principiaram a apertar. A gente que tinha ficado do outro lado do rio tomou conta da fazenda depois de uma resistência grande. Quem pode fugir fugiu; o restante que não morreu na briga ficou agarrado pela escolta. Os ladrões do inferno já tinham carneado muita rês boa da fazenda e acabado com a capadaria do chiqueiro. Essas coisas chegaram ao conhecimento do patrão e o fizeram ficar irado. A patroa ia tendo mão nele todo o dia porque ele virava, mexia, daqui para li e falava sempre em acabar com aquilo de uma vez morrendo ou dando uma lição àqueles excomungados.

Há muita gente traiçoeira neste mundo como vocês sabem. Um desalmado desses que Nosso Senhor já chamou a si — Deus te perdoe! deu denúncia do retiro onde estava o patrão. Com pouca dúvida nós soubemos que na Tapera a umas quatro léguas do retiro, estava se ajuntando um magote de caramurus para virem prender o patrão. Esses diabos tinham uma sede na gente do patrão, porque diziam que ele fora o rebelde mais destemido destas beiradas.

Patrão ficou desatinado de raiva. Quis por toda lei dar caça aos caramurus, mas a patroa ficou de tal modo que nós estávamos vendo a hora em que ela caía para trás, morta. Por isso, o patrão não teve outro remédio senão ir tenteando, como Deus ajudava. Vendo que nós éramos cercados de um hora para outra e que uma desgraça ia acontecer. Ele me chamou a um canto e disse:

— Joaquim, eu fiz tenção de não cair nas unhas daqueles diabos e não ir parar na cadeia. Mas as coisas estão muito feias. Se não fosse a dona... Olha: disfarça de qualquer jeito e entra na Tapera, assim como quem vai de passagem. Assunta bem e apanha as tenções deles. Vê quantos são, se estão bem armados... Tu não és tolo e sabes bem o que eu quero. Precisamos saber o que eles pretendem, para nós podermos desmanchar a esparrela...

— Vossemecê me conhece, meu amo. Fique sossegado. Eu arranjo as coisas.

A conversa ficou aí.

Comigo não se precisa de muita explicação.

Corri ao quarto e tirei minha capanga, minha companheira velha. Pus dentro dela pólvora, chumbo grosso e uma bucha de paulista. Num bolsinho de dentro, guardei um pedaço de fumo e palhas. — "Estou pronto"— ia dizer, quando dei com os olhos no *Moisés*, meu clavinote, que dormia enferrujado no canto. Pareceu-me que o pau de fogo falava — "também quero ir, Joaquim".

— Eu lhe fiz a vontade.

Areei a arma bem areadinha, limpei-lhe ouvidos, pus uma pedra nova embaixo do cão e carreguei-a. Ali por perto havia um jambeiro com frutas: apanhei uma e, depois de escovar bem a arma, joguei o jambo para o ar, lá em cima, meti a arma à cara e fiz fogo: a fruta espatifou-se toda.

— Está bom, sô Joaquim, disse comigo, você está meio turuna na pontaria! Isto é que serve.

Amarrei o clavinote nos coldres da sela, apertei bem o pedrês, corri os olhos no peitoral e na retranca, passei por cima da sela um pelego bom e apertei de novo o pedrês com a sobrecincha.

De arma de fogo eu não gosto muito mas minha vara de vaqueiro, minha vara de derribar, pior do que uma azagaia, essa eu não deixo! Desembainhei o ferrão da ponta e dei uma chuçada num portal. O ferro estava firme e amolado.

Esse arranjo todo pouco durou.

Apalpei, por último, meu rosário do pescoço e pulei no lombo do pedrês.

— Eta, mundo! Chegou a hora!

— Sô moço, sô Juca andava farejando esse negócio e me atormentou muito para eu contar a conversa que tive com o patrão. Rondou sempre por perto de nós, para ver se apanhava qualquer coisa. O menino mordia os beiços, arrancava os cabelos, esbravejava, fazia tudo para saber, porque ele queria ter uma embarruada com os caramurus. Eu nunca vi mocinho assim.

Uma coisa me dizia que esse menino ia fazer alguma. — "Hei de ir! hei de ir!"— falava ele, com dos dentes cerrados, batendo com a mão direita fechada na palma da mão esquerda.

— Hei de ir!

— Vossemecê não vai, nhonhô, porque meu amo não quer.

Ele desconversou e sumiu.

Quando eu já estava longe, ouvi um tropel de cavalos atrás de mim. Era sô moço que vinha num cavalinho castanho careta, corredor que nem um veado. O mocinho vinha debruçado pra frente, de rédea bamba e o cavalo parecia que roçava a barriga no chão na corrida.

"No eu sair, sô moço já tinha o cavalo pronto, escondido. Ganhou o rasto e bambeou as rédeas. Não foi preciso mais nada.

— Ora, já se viu! Virgem Nossa Senhora, como é que está para ser?

— Não tem nada, Joaquim, vamos embora. Eu te mostro que já sou duro.

Cá dentro o caçarão me pulou de alegria, de ver a disposição do menino. Carreguei-o nestes braços e era a minha menina dos olhos. "Ora! lá se avenha! o que há de ser tem muita força"— pensei eu não tinha culpa da vinda dele. Só ele veio, é porque gosta deveras deste mulato velho.

— Está bom, nhonhô, vossemecê fica amoitado ali perto. Se os homens me prenderem ou me matarem, vossemecê pervebe logo, porque isso não demora. Então, vossemecê percebe logo, porque isso não demora. Então, vossemecê dá de rédeas pra trás e toca a bom tocar até chegar a casa, para avisar a meu amo.

— Hás de ver que eu já sou duro, Joaquim. Vamos embora."

Com pouca dúvida entramos em terra da Tapera.

— Pode ter algum espia por aí, meu patrãozinho. Vamos cortar pelo cerrado a fora e ganhar a estrada que vem da Boa vista: enganamos os diabos, porque eles ficam pensando que somos viandantes saídos do Vão.

Assim fizemos.

Antes de confrontarmos com a fazenda da Tapera, eu fiz sô moço entrar num capãozinho de mato e ficar aí amontoado. De lá ele via a casa e o curral da frente.

Entrei, como já contei, sem ver ninguém. Subi a escadaria e gritei: Ó de casa! — Uma porta abriu-se e um caboclo de beiço rachado apareceu, respondendo: — Ó de fora! Entre e vem tomar congonha, que está no cuité.

A velhinha

Quando já não me lembra, mas foi em tempo que vai longe. Passeava uma tarde por uma rua solitária de pequena cidade em ruína. Ao defrontar uma casinha de gelosias abertas, mergulhei o olhar indiscreto nas paredes interiores, onde me pareceu divisar telas antigas — magníficas talvez — esquecidas ali, ou melhor, poupadas à profanação de algum adelo pela providência benfazeja de uma lembrança querida que elas representassem.

Nesta nossa terra, onde as tradições tão depressa se apagam, tão cedo se esquecem as velhas usanças, — o encontro, muito raro de algum objeto antigo, tem sempre, para mim alguma coisa de delicado e comovente. Móveis ou telas, papéis ou vestuários — na sua fisionomia esmaecida, no seu todo de dó — eles me falam ab sentimento como uma música longínqua e maviosa onde se contam longas histórias de amor, ou se referem dramas pungentes de não sabidas lutas e misérias.

O espírito se compraz, então, no tecer uma trama de romance ou de tragédia, em que cada um dos velhos objetos vive na vida de mil personagens evocados; uma longa estrada, sinuosa e branca, se rasga para o país do sonho, e a alma, seguindo-a, deixa embular-se como Leila, ao som de guzlas[10], ou à plangente harmonia das bailadas.

O certo é que, ao perscrutar as paredes escuras de uma pobre salinha, pela janela aberta sobre a rua, não só telas descoloridas, como um antigo cravo, primoroso na fábrica, incrustado de bronze e ornado de finos lavores de talha na madeira negra prenderam de todo a atenção.

— Restos de uma grandeza extinta! que triste fadário vos impeliu ao casebre mesquinho de quem por certo, vos não conhece a história nem o valor? Cravo centenário! que lânguida açafata ou melindrosa sinhá-moça esflorou o marfim de teu teclado, desfiando o ritmo grave de uma dança solarenga ou, a furto, a denguice feiticeira de um fado vilão?

Isto pensando, aderguei a uma pequena porta ao lado, cuja aldraba a mão ergue involuntariamente. Neste ponto, o sonho começou interrompeu-se e eu, desconcertado, verifiquei a indiscrição daquele passo. Nova reflexão sucedeu a esta: um pouco daquele fatalismo que o grande Loiola entregou a solução do primeiro problema de sua vida de pecador já redento e de seareiro de Deus no grande agro do mundo. — Ora, se cá vieram ter meus passos, não será sem alguma funda causa ignota. Entremos.

Bati algum tempo e, não acudindo alguém de dentro, entrei sem mais cerimônia. Pus-me a examinar um quadro

---

10 A guzla é um instrumento de uma corda tradicionalmente usado na região dos Alpes Dináricos do Sudeste da Europa, inventado na Sérvia. É acompanhado pelo canto de poesia épica e folclore musical. O jogador segura o instrumento verticalmente entre os joelhos, com os dedos da mão esquerda sobre as cordas, que não são pressionadas contra o pescoço, produzindo um som harmonioso e único. A Guzla também é comparada à rabeca.

a óleo com uma velha moldura de madeira envernizada; representava dom João V quando infante, na posição e na idade. Era uma criança loura de rosto vivo, vestida de camisola de seda branca com uma larga faixa azul; tinha na mão esquerda, a modo de menino Deus, um orbe, e na direita, um cetro de marfim. A um lado, sobre uma grande almofada de veludo cor de granada, fulgia o escudo de armas dos Braganças[11].

Passei ao cravo e admirei a perfeição do puro estilo Luís XV[12], artificioso, arrebicado, mesureiro, revelando no bem acabado da minúcia, no trabalhado do pormenor, as mil regras da etiqueta do tempo.

Na grande tábua inteiriça do fundo, sob o teclado, avultava um belo corpo de Baco, coroa de pâmpanos, trazendo nas costas, em forma de manto régio, uma grande pele de tigre. Aos cantos, anjinhos anafados, com cintos de rosas caindo-lhes nos quadris roliços, abraçavam os fustes de colunazinhas e tocavam com os polegares estendidos as folhas do acanto, como se esforçando por colhê-las.

Um leve ruído fez-me voltar o rosto e ver então, emoldurada pelas ombreiras da porta, ao fundo, uma estranha

---

11 A Dinastia de Bragança foi a última a reinar em Portugal, de 1640 a 1910, também governando o Reino Unido de Portugal, Brasil e Algarves (1815-1822) e o Império do Brasil (1822-1889).

12 O estilo Luís XV, surgido na França por volta de 1730 e desenvolvido durante o reinado de Luís XV até aproximadamente 1750-60, teve influência também no Brasil, especialmente no mobiliário e na decoração de interiores. Caracterizado por linhas fluídas e ornamentos rococós, apresentava móveis em tons pastéis e com arabescos, como poltronas, mesas e cômodas. Na arquitetura, fachadas mais simples e clássicas foram desenvolvidas, com elementos ornamentais como sacadas de ferro forjado e desenhos rocailles. Na moda feminina, padrões florais e leveza nas curvas dos móveis refletiam a estética Luís XV. Essas influências perduram até hoje em móveis e elementos decorativos.

figura de mulher, vestida de algodão muito branco, com o torso pendido a uma dor intensa, sopitada a custo, e a fisionomia cansada, emurchecida, repuxada de rugas, onde mal se adivinhavam os olhos sem brilho, quase inexpressivos, a não ser um "quê" muito fugaz de carinho, que neles boiava ainda como uma flor desprendida da haste e já quase fenecida, flutuando na superfície de um lago dormente.

Meio admirado, meio constrangido, por ter penetrado, sem mais nem menos, naquela casa desconhecida, dirigi-me para a mulher e balbuciei:

— Perdoo-me a confiança. Tinha andado muito pela cidade e estava com muita sede... Bati; não vendo gente, entrei assim mesmo. Perdoe-me a confiança, não é?

— Sente-se, nhonhô: vou buscar a água — disse-me ela com voz trêmula, e saiu, querendo fazer-se pressurosa, arrastando pelo chão as chinelas de couro.

Ao voltar sobre os passos para entrar no interior de casa, pareceu abafar um gemido... E lá foi, apoiando-se às paredes do corredor, sempre curvada, premida sempre por uma dor que seus lábios não diziam, mas seu aspecto nos contava de modo a fazer pena.

Sentei-me num catre grosseiro, mesquinho, cujo assento era um tecido de couro cru, destoando do cravo, tão elegante, tão aristocrático, que até evocava requintes de luxo e de galanteria numa corte já morta.

A mulher demorou-se um pouco, polindo, talvez, o cristal de um velho copo há longo tempo fora do uso.

Quando voltou, corri ao seu encontro, por evitar-lhe alguns passos mais, e, enquanto bebia, demorei a vista sobre aqueles restos venerandos de uma — quem o sabe? — talvez extinta beleza.

— Agradou-lhe aquilo? perguntou-me apontando para o cravo. Foi da casa de meu sinhô.

— Mas que é dos filhos ou dos netos de seu sinhô? Eles não quiseram ficar com isso?

— Ele não deixou filhos — acrescentou a velha com voz sumida.

— Ah! não deixou filhos...

Ela abanou a cabeça e ficou alguns momentos de olhos abertos, vagos, vagos...

Eu, fingindo não perceber sua comoção, levantei a cabeça: deparou-se-me, então, dependurado num torno de madeira, um chapéu de homem.

— Mas a senhora tem um filho, não é? Seu filho faz-lhe companhia, não é assim, minha tia? Está trabalhando fora com certeza.

Do tamborete de como onde se tinha sentado, a velha surpreendeu-me a olhar; levantou os olhos também, mas baixou-os logo, escondendo o rosto nas mãos.

Esteve assim muito tempo... Depois, como que continuando um período já começado, disse:

— Coitado! assim desamparado... ninguém sabe!... Nem o consolo de um lugar bento...

— Como!?

Ela fez-me um gesto, e por ele compreendi que seu filho era louco. Depois, quase por monossílabos me fez compreender que o desventurado, sua única alegria, apesar de enfermo da mais triste das enfermidades, desaparecera de casa havia mais de dez anos, sem que soubesse até então de seu destino. Era crença de todos que fora arrastado pela corrente do rio ou tragado por algum boqueirão da serra. — "E acabou-se tudo" — acrescentou. — "Nem mais esperança, nem nada!" Depois, apanhou a barra da saia e nela tentou afogar o pranto.

— Que página sentida escrevestes, ó intérpretes do coração humano, que doa mais do que a só vista desse velho pergaminho mudo engelhado no rosto da velhinha! Essa dor infinda e resignada, essa dor desamparada e humilde naquele despojo humano é mais dolorosa do que a do mito imortal de Prometeu

Tomei insensivelmente, uma das mãos da velhinha e beijei-a como o de uma mãe venerada.

O cravo ancião e o quadro do rei infante, representando as passadas grandezas, diziam como através dos séculos, vencendo-os, sobrepujando suas glórias, — alguma coisa inominável, mas sempiterna, pode encontrar-se oculta na prece de um mísero ou no coração de uma velhinha.

Cheguei a saber então qual a causa ignota que me guiara os passos inconscientes à pobre casa de gelosias abertas.

E — não me envergonho de contá-lo — saí daquela casa com os olhos marejados de lágrimas.

A Iara

Jaguarari, o filho do tuxaua[13] dos manaus[14], era belo como as frescas manhãs de sol nas águas do Grande Rio. Tinha a força e a destreza do puma auri-negro que domina a matéria brava, mas muito o excedia na audácia em perseguir a caça e afrontar o inimigo. Quando ele vogava na sua igara, deslizando sobre as águas silenciosas, que a proa, como a asa de um pássaro, apenas frisava, as garças ariscas por vê-lo, não fugiam da beira do rio, e os jacamins mesureiros vinham saudá-lo roçando os peitos no chão.

Nas grandes festas com que as tabas dos manaus, reunidas ao rufar do trocano, celebravam a admissão dos mancebos à fila dos guerreiros, nenhum moço igualou Jaguarari na altivez do porte, nem na agudez da vista, nem na firmeza do braço.

---

13 O tuxaua, também conhecido como cacique na língua portuguesa, é uma figura de liderança política nos povos indígenas. Representando a sabedoria da aldeia, o termo "tuxaua" vem do tupi e significa "aquele que manda". O tuxaua é encarregado de representar a aldeia e negociar com outros povos, além de ser responsável por lidar com questões que envolvem não indígenas. Tradicionalmente, a posição é hereditária, passando de pai para filho.

14 Os Manáos, antigo grupo indígena da região do Rio Negro, prévio à colonização europeia do Brasil, são notáveis por sua resistência contra Portugal. Seu nome, "Mãe dos Deuses", originou o nome da cidade de Manaus. Ajuricaba, um líder proeminente dos Manáos, liderou batalhas na Amazônia, preferindo a morte à escravidão. A Guerra dos Manáos (1723 - 1728), uma série de confrontos entre os Manáos e os portugueses colonizadores, ocorreu do baixo Rio Negro ao Rio Branco. Ajuricaba foi capturado, e, ao invés de enfrentar a escravidão, lançou-se ao Rio Negro. Após sua morte, muitos indígenas foram vendidos como escravos, e acredita-se que os baniwas, do Rio Negro, possam ser seus descendentes. O nome "Manaus" é uma homenagem à valentia histórica dos Manáos.

Arremessada do rijo arco a sua flecha certeira cortava a carreira do caititu ou o pulo do maracaiá, e a uamiri da sua zarabatana abatia no voo o gavião carniceiro.

Os velhos o queriam, amavam-no as moças, admiravam-no os guerreiros e nos seus cantos o nome de Jaguarari soava como o daquele que um dia, decerto bem longe ainda, iria gozar o supremo bem nas Montanhas Azuis, a sonhada mansão dos bravos.

Quando ao florescer da frondosa mamaurana, a sua igara passava junto do barranco do rio, embaixo da verde ramagem debruçada sobre a corrente, as brisas folionas sacudiam os galhos e derramavam nos negros cabelos do filho do tuxaua uma chuva de flores.

Nas tardes purpúreas, quantas vezes a sua canoa, ruborescida pelo poente e tauxiada de sombras esguias de árvores marginais, não subia em demanda da ponta do Tarumã, onde se quedava, solitário e silente, até ao meio da noite!

— Que pescaria é esta, filho, que se prolonga com as sombras, à hora em que só Anhangá se deleita em correr as terras e as águas? Não ouviste alguma vez a sua voz temerosa trazida pelo vento gemedor? Meu filho, meu filhinho! Anhangá espalha pelo capim rasteiro e pelas folhas dos arbustos as sementes das dores que matam!

Assim falava a pobre mãe tapuia quando via o filho entrar na habitação paterna a horas mortas, vindo dos lados do rio, e ficar insone, noite a dentro, com as pernas pendentes da rede selvagem, os cotovelos fincados nos joelhos e os olhos fundos e tristes a olharem, a olharem pungentemente para fora, para o rio, para a noite, para o seio negro da escuridão!

Às enternecidas palavras de sua mãe, Jaguarari respondia apenas com um olhar, o olhar daqueles olhos tristes e fundos, onde se sentiria a crispação de vertigem das profundezas.

— Filho, não foi de muito tempo: faz pouco ainda e a alegria esvoaçava à flor de teus olhos como as marrequinhas à tona da lagoa. Por que fugiu? por que foi ela fazer tão longe de ti e de mim o seu ninho?

— Mãe! — murmurava ele apenas, fazendo um vago gesto.

E o seu corpo, que tinha o frescor e a seiva do talo da palmeira, murchava, murchava sempre; o cupim roaz picava-lhe o coração.

Ele acompanha ainda o tuxaua nas expedições de caça e o seu braço não treme ao rugido do canguçu. Mas, ao cair da tarde, evita os jovens guerreiros que armam laços para prenderem as aves silvestres e foge dos grupos que vagueiam pelas coroas do rio atirando redes de pesca.

Sozinho, salta na leve igara e voa até a ponta do Tarumã, onde os companheiros o vêm de longe, com os olhos fitos no espelho das águas, solitário e tristonho como o meditativo maguari.

Um dia, cheia de apreensões funestas, sua mãe exclamou: — Filho, os juruparis perversos envenenaram o ar que respiras. Acauã vem agora cantar à nossa porta. Teu pai quer fazer longe daqui nova taba para nossa gente. Só assim a ave da alegria voltará a esvoaçar em teus olhos...

Depois de profundo silêncio, Jaguarari suspirou:

— Mãe, eu a vi! Eu a vi, mãe, boiando em flor como os nenúfares nas águas do igarapé. É linda como a Lua nas noites mais claras. Eu a vi! Mãe! Seus cabelos têm a cor das flores do pau d'arco e o brilho do sol; suas faces tiraram o rosado das penas da colhereira e das flores da sapucaia. Os passarinhos que mais cantam não cantam como ela. Mãe, ela é formosa como nenhum homem das tabas do Grande Rio jamais viu nem verá. Ela cantava e à sua voz a própria cachoeira do Tarumã cessou de roncar e parou, decerto por ouvi-la. Ela olhou para mim, ó mãe, e estendeu-me os braços. Depois, repartiram-se as águas e ela desceu para sua casa, que foi esquecida lá no fundo pelo céu, num tempo muito longe, quando o céu se entendia como embaixo de nós a campina matizada de flores, antes de subir e de arquear sobre as nossas cabeças a sua concha estrelada. Mãe, eu quero vê-la mais: eu quero ouvir ainda o seu canto!

A tapuia horrorizada clamou:

— Foge, foge daquele lugar maldito! Nunca mais a tua igara demande a ponta do Tarumã. Foge meu filho! Tu viste a "Iara!" O seu canto é a agonia! Foge Jaguarari! É a "Iara!" de dentro de seus olhos verdes te espia a Morte!

E em soluços a velha tapuia atirou-se por terra.

No dia seguinte, à hora em que os torcazes aos casais passam alto, tendendo os ares em demanda do pouso da noite, a igara de Jaguarari desusava célere nas águas do Rio Negro.

Os mancebos manaus que o viram passar disseram:

— Lá vai Jaguarari pescar tucunaré.

Mas, súbito, de um grupo de mulheres que levavam ânforas de barro à beira do rio partiu um grito:

— Corre, gente! corre, vem ver!

Acudiram os moços e pararam atônitos, olhando a barra do horizonte incendiado pelo ocaso. A canoa do filho do tuxaua, inundada de luz, fendia as águas com Jaguarari de pé, abertos os braços, como uma grande ave selvagem prestes a desferir o voo. A igara parecia marchar em direitura ao sol, a fim de precipitar-se no seu disco abrasado. E ao lado do jovem guerreiro, enlaçando-o como a beijá-lo, surgia, num halo de luz argêntea que se destacava no rubor do poente, um corpo alvo, de formas harmoniosas, coroado de longas madeixas de fios de ouro a esvoaçarem.

— A "Iara!" a "Iara!" — conclamaram, em grito uníssono, os guerreiros e as moças dos manaus correndo para o meio da taba.

E foi a derradeira vez que viram o filho do tuxaua vogar nas águas escuras do rio.

A fuga

Pelas estradas barrentas, no meio dos rugidos do temporal desfeito, quando a ventania disparava pelos campos em arranco de boiada, e, topando o capoão além, constringia-o na medonha luta, ouvia-se, ao esmorecer das vozes do trovão, um tilintar de correntes, cadenciado, rítmico, acompanhando o estrupido de passos fortes.

O viandante tresmalhado, ou o vaqueiro que se recolhia a desoras, ébrio, das delícias do batuque, fugiria apavorado, julgando ver no som das correntes arrastadas a penitência de alguma alma penada, — quem sabe se a do pobre Tristãozinho, espancado há tempos, brutalmente, ali mesmo, à beira do rio, quando de volta da casa de Paquinha, procurava desamarrar a canoa para a travessia?

O tilintar das correntes, cadenciado, rítmico, fugia, a pouco e pouco, pela estrada afora, abafado a espaços pelo glu-glu das enxurradas, que, sopitadas nos caldeirões do caminho, estancavam, reunindo forças para se derramarem depois, impetuosas, assoberbantes, pelos sulcos de carros de bois até ao longe, no grande rio.

Dois condenados da Extração, escravos reúnos, confiscados a seus donos pela Real Fazenda, aproveitando-se da tempestade, fugiam da rancharia junto de uma gupiara à beira do córrego, onde eram obrigados a trabalhar para El-Rei, como galés, no serviço da mineração de diamantes.

Percebida a fuga, foi dado o alarme, pouco depois, ao som rouco de córneas buzinas, e a força de dragões avançou confusamente, dando descargas para aqui, para acolá; mas recuou logo, pela improficuidade da perseguição nessa noite tormentosa.

Os dois fugitivos porfiavam por meter aos sabujos grande espaço em meio.

— Não aguento mais, Isidoro!

— Agarra-te a meu ombro e vamo-nos embora. Olha que os fulares não tardam.

— Valha-me, Senhora da Abadia!

— Não esmoreças, Bento. Estou-te desconhecendo. Não pareces o mesmo cabra que aquele dia tirou a cisma do macho ruão, no terreiro da Cacimba.

— Dói-me tanto o peito, que me responde cá nas costas. E que descarga danada! Os judeus me meteram uns dois balázios aqui no braço e na perna. Foi Deus que não os deixou acertar em lugar mortal.

Por cima de tudo, a pontada, esse demônio de pontada perto da maminha, desta banda...

A marcha dos fugitivos enfraquecia. Já não era o mesmo pisar forte, seguido do ranger dos grilhões.

Abeiravam, então, o Jequitinhonha, cuja presença era indicada pelo estalar das águas em plena cheia. Ouviam já o som cavernoso do rio, rolando formidavelmente, no meio dos ribombos causados pelas grandes árvores, arrancadas a custo pela fúria da corrente, precipitando-se no abismo das águas com gritos despedaçados dos ramos e raízes.

Dentro do camoão, denunciando aos tredos caminhantes por um grau mais intenso de sombra, tomaram fôlego, pávidos, baixando instintivamente a cabeça com a sensação da grande massa negra, informe, que lhes pairava em cima.

No pandemônio de sons e movimentos que se adivinhavam no bojo da atra escuridade, pressentiam lutas supremas de troncos contra os estirões da borrasca, inundações de ninhos, dramas trágicos de animais silvestres mortos pela queda dos galhos e outros arrastados pelas enxurradas; uivos entrecortados de onças abrigadas nas lapas alcançadas pelas águas, junto aos filhos ainda aquecidos pelo calor materno; berros de sucuris despertando do sono costumeiro com as notas vibrantes e sonoras da tempestade.

Isidoro carregava já seu companheiro, arcando ao peso, roncando de esforço a cada passo, incerto, titubeante, no meio da estrada.

O vaqueano sentiu perto o rio e, norteando-se ao clarear dos relâmpagos, entrou à esquerda, por uma trilha de anta, que conduzia a uma grande rocha à beira d'água, seu pesqueiro habitual em outros tempos.

Acocorou-se aí com o pobre do companheiro, que nem falava mais. Suspirando longamente, quedou-se, resignado, à espera da madrugada.

Serenou a tormenta.

E, já na meia claridade da antemanhã, uma sensação súbita de frio principiou de invadir os míseros. Era a grande massa d'água, farrusca, ameaçadora, que grimpava a pedra, traiçoeiramente, como um jacaré que se arrasta, sutil e feroz, na algidez repelente de sua pele escamosa, querendo pilhar a presa durante o sono. Espessa camada de neblina cobria toda a superfície do rio, montando, da flor das águas, pelas barranceiras acima, aos ramos mais altos do mato frondejante. O tope de arvoredo rasgava no alto o denso véu cinzento, que se esfarrapava, prendendo nas pontas da galhada longas flâmulas brancas, arfando serenamente às auras matutinas.

Os tons roxos do céu iam cedendo a uma coloração de ouro tenuíssima, que se acumulava ao longe, na barra do horizonte, onde o rio num préstito triunfal de pequenas ondas muralhosas, parecia perder-se no espaço ilimitado.

Longas fitas de ouro e púrpura cairelavam o céu na comissura do rio, sobrepondo-se paralelamente, até se afogarem no pélago de nimbos que refluía de onde se arqueava o firmamento.

— Eh lá! companheiro! Esperta e vamos embora, batendo mato pela beira do rio. Olha que enchente! Vigia: se nós cochilamos mais um bocadinho, a água nos papava.

E, meio estarrecido da longa quietação e do frio, Bento estremunhou distendendo os braços com gritos de dor das feridas.

— Assim, com esse inferno de corrente pesada, eu quase não me posso mexer — disse Bento, batendo o queixo, apertando no corpo o timão de baeta já meio enxuto.

Isidoro lembrou-se, então, da lima finíssima que lhe dera, há tempos, o Chico Júlio e de que se não pudera servir na precipitação da fuga. Começou a cerrar vigorosamente o anel de aço que roxeara o tornozelo do seu pobre companheiro. Depois, prendendo num gancho de ferro pendente do cinturão de sola toda a corrente, que lhe subiu do pé pela perna acima, exclamou:

— "Vamos ganhar a estrada!" E, suspendendo o companheiro por baixo dos braços:

— Corpo duro! Nós já desnorteamos os fulares, que andaram bestando pelo mato. A chuva apagou os rastros, mas eles podem andar farejando por aí; eu deixo para limar minha corrente na venda do Chico Júlio.

Iam começar a marcha, quando estacaram de chofre, estremecendo, com o estrépito de um corpo que caía pesadamente na água. Assuntaram algum tempo, mas ouviram logo outro ruído igual e, não longe duas ou três capivaras que se precipitavam no rio, assustadas com a presença de tais franduleiros nos seus domínios.

Tranquilizados, partiram, numa farfalhada de folhas molhadas e de taquaras que se quebravam, assustando as jaós, fazendo os nhambus ocultar as cabecinhas no meio das folhas, levantando para o ar o uropígio coberto de frouxéis.

Queriam atravessar o rio a nado, fora de porto frequentado, onde pudessem ser vistos, mas a fraqueza de Bento, fê-los hesitar diante da impetuosidade da corrente.

Encontrado, alfim, um espraiado, onde a enchente, sem a constrição de barrancos, podia pavonear suas forças, avassalando pacificamente, sem tropeço, os descampados, os fugitivos derribaram algumas piteiras, já meio secas, cujas hastes se erguiam, ainda retas e altaneiras, das touças em redor, e, jungindo-as fortemente com cipós em grossos travessões de taquaruçu, improvisaram uma jangada.

Isidoro encontrou, arrancada pela ventania da véspera, uma folha de coqueiro, cujo talo lhe serviu de remo.

— Encomenda a alma a Deus e vamos embora. Tu não tens alguma oração contra enchente? Esta jangada é muito leve e nos aguenta, mas não por muito tempo, porque a pita encharcando afunda sob o peso. Segura bem, rapaz!

Cavalgaram a jangada e fizeram-se ao largo, demandando um portozinho na outra margem, muito embaixo.

Bento acurvou o busto, azindo fortemente a estiva.

Ao ganharem o fio da corrente, a jangada foi fortemente impelida para baixo e Isidoro começou a lutar a grandes remadas, para aproximar-se da margem oposta. Então jangada e tripulantes se confundiram, se unificaram, semelhando, no movimento que se lhes percebia, o dorso mosqueado de um surubi retouçando ao sabor da correnteza.

Quase não se lhe notava a marcha, mas sentia-se que um esforço vivo e inteligente, terrível e heroico, lutava contra a força esmagadora da natureza onipotente.

Conseguiram vingar o portozinho, que era antes um bebedouro de animais.

Saindo d'água, tiraram os chapéus de couro e puseram as mãos, levantando os olhos ao céu, em profundo reconhecimento pela salvação; já não temiam os fulares, nem os tiros de reúnas.

A jangada que tinham abandonado lá foi, boiando sempre, topar uma grande árvore esgalhada, flutuando também. Outros ramos se lhe foram juntar e mais uns restos de macegas e garranchadas, que formaram um batel selvagem, todo franjado de espumas pardas, no qual pousava às vezes um martim-pescador, soltando gritos estridentes, numa alacridade de vitória e de fartura.

O sol iluminou, ainda baixo e frio, o campo de batalha da véspera; beijou, reverente, numa carícia de vassalo humilde, a face do rio, que pompeava seu poderio, ostentando os despojos da liça com os bosques marginais e rolando sempre, no meio de um como "*ave! triunphator!*" da natureza.

Do outro lado, lobrigavam-se ainda, pequeninas, amesquinhadas, as figuras dos fugitivos.

Esses primeiros raios do sol no levante, esbatendo suas cabeças, aquecendo seus corpos meio entorpecidos e alquebrados de sofrimento e de fadiga, pareciam ter uma carícia de amor e piedade para os miserandos, um resplendor de vitória para os lutadores.

Textos complementares

A Promissora Estreia Literária de Afonso Arinos.

Por José Veríssimo[15][16]

Foi uma auspiciosa estreia a do Sr. Afonso Arinos, com o seu livro No Sertão (Laemmert & C.) em 1898. É com efeito este o seu primeiro livro, feito de alguns contos admiráveis e de trechos, esboços e fragmentos de obras de maior vulto, das quais a nossa literatura de ficção deve muito esperar, a julgar por estas amostras. A obra de arte, boa, verdadeira e sincera, traz em si mesma a força de persuasão da verdade das cenas, dos tipos, da vida, em suma, que nos descreve o artista. Não precisamos conhecer o sertão do Brasil Central, o de Minas especialmente, para avaliar a fidelidade dos quadros do Sr. Arinos. A vida circula

---

15 VERÍSSIMO, José. Estudos de literatura brasileira: 1ª série (1895-1898). Rio de Janeiro, RJ: Livraria Garnier, 1901.

16 José Veríssimo (1857 — 1916) foi um escritor, educador, jornalista e estudioso da literatura brasileira e desempenhou um papel fundamental na fundação da Academia Brasileira de Letras. Como um dos primeiros e mais importantes historiadores e críticos literários do século XIX, Veríssimo buscou definir um caráter nacional para os escritores do país. Além de suas contribuições literárias, ele também se dedicou a analisar os problemas do sistema educacional brasileiro na jovem República.

neles em toda a sua intensidade. Esses quadros, porém, e daí a sua superioridade, não são meras fotografias recobertas por um brilhante colorista. São pinturas em que o artista pôs a alma mesma da paisagem, dos homens e das coisas. Três deles, O Assombramento, Joaquim Mironga, Pedro Barqueiro, são no gênero, seguramente, das mais belas páginas, das mais fortes, como hoje se diz, da nossa literatura. Acha-se em cada uma delas, conforme quer Tolstói, como uma das condições necessárias à criação da obra de arte, a sinceridade, isto é, "um real sentimento de amor ou de ódio pelo que pinta o artista". Nem lhe faltam também as duas outras das três que o eminente russo tem por indispensáveis à criação artística: "uma relação moral, isto é, normal, entre o autor e o assunto, a clareza da exposição ou o que dá no mesmo, a beleza da forma".

O Sr. Arinos não só conhece como ama aquelas coisas; não as "pinta de chofre", nem como um tema para frases. Se, cedendo a certas influências de que o seu talento há de, sem dúvida, se emancipar, a vida do seu "sertão", sem nunca deixar de ser verdadeira, aparece principalmente no seu aspecto sombrio e trágico, isso não tira que o escritor sinta por ela mais que um amor de artista, uma larga simpatia humana. Não conheço na novelística brasileira — perdoem-me a antipática expressão — nada mais comovente na sua simplicidade trágica que a morte do Jucá, o bravo rapazinho, contada por Joaquim Mironga. E a mesma nota de cálida simpatia, sem falsa sentimentalidade nem pieguice, anima todo o livro: no Assombramento, esse quadro de

Dostoiévski ou de Goya, onde, sem que se sinta o esforço nem a técnica, a arte conseguiu reproduzir e interpretar com maravilhosa perfeição um fenômeno psíquico dos mais complicados; em Manuel Lúcio, na Velhinha, na Fuga, em Pedro Barqueiro e nas demais páginas do livro. E isto sem que a personalidade do escritor intervenha, mas derivando apenas da alma, da arte rara com que escreveu aquelas coisas.

Haveria, sei, uma ou outra restrição a fazer à minha admiração, mas não quero aguarrar com elas o prazer que me deu este livro. Direi apenas que eu quisera a língua mais simples, o estilo mais corrente e fácil. Com pouco, muito pouco, o autor o porá no diapasão a meu ver desejável. Assim estude e trabalhe, e o jornalismo, que tantos esperançosos talentos tem roubado às nossas letras para esterilizá-los, o jornalismo em que em má hora se meteu, não o inutilize para a literatura onde acaba de fazer uma das estreias mais auspiciosas dos últimos anos.

Dr. Alfonso Arinos: Novo Membro Ilustre da Academia de Letras

Publicado no jornal mineiro
O Pharol, em janeiro de 1902[17],

Foi eleito por 21 votos, na sessão de anteontem da Academia de Letras, membro dessa corporação, o nosso ilustrado colaborador Dr. Afonso Arinos, o brilhante polemista bem conhecido dos leitores do Pharol, o admirável cinzelador das páginas de *Pelo Sertão* e dos *Jagunços*. Apresentamos parabéns ao novo acadêmico, que vai continuar dignamente as tradições da cadeira de Eduardo Prado.

---

17 O PHAROL. Juiz de Fora, MG, 2 jan. 1902. Edição 156.

Discurso de recepção na Academia Brasileira de Letras

por Olavo Bilac

Não, meu ilustre confrade! A Academia Brasileira não procurou apenas no autor de "Pedro Barqueiro" e do "Assombramento" uma "como reminiscência de Eduardo Prado"[18]. Os que vos confiaram a posse da cadeira patrocinada pelo nome do velho Rio Branco quiseram honrar-se, chamando para a sua companhia o escritor fundamente "nacional" que compôs os admiráveis contos de Pelo sertão, e quiseram também afirmar o seu amor pelas tradições – esse culto que o vosso antecessor erradamente acreditou desaparecido da alma brasileira, e que também vós, com um susto que a placidez do estilo acadêmico mal disfarça, sem razão supondes estiolado, como uma planta melindrosa a que falta o carinho do horticultor.

Os da Academia, já estamos todos longe da idade, em que o trato do machado do lenhador é mais agradável à mão do que o trato da esteva do arado. Os que ainda não

---

18 Eduardo Paulo da Silva Prado (1860–1901) foi um influente advogado, jornalista e escritor brasileiro, notável por sua participação na Academia Brasileira de Letras. Ele ocupou a cadeira 40 da ABL, que mais tarde seria ocupada por Afonso Arinos.

temos quarenta anos já estamos perto desse marco da sisudez, que assinala a crise mais séria do espírito de um homem, – salvo naqueles espíritos excepcionais, não sei se felizes ou infelizes, que, quanto mais vivem, mais se comprazem em mofar da gravidade da vida, dando-lhe piparotes na caraça austera. Nesta companhia, podeis amar o passado sem receio. É esse um amor que só pode fazer bem, – quando não imobiliza a gente no empedramento da mulher de Lote. As tradições, que tanto prezais, têm aqui dentro quem lhes renda o culto devido. E esperamos mostrar-vos que também lá fora não falta quem as ame.

 O vosso respeito do passado, – conhecem-no bem os que vos leram e leem, no livro e no jornal, e conheço-o ainda melhor, eu, que o estudei e admirei, em saudoso período de intimidade: e é para mim um consolo e um orgulho o lembrar aqui o tempo amável e ocupado, trabalhoso e suave a um tempo, em que vivi convosco, há anos, no velho seio de Minas, perlustrando caminhos sepulcrais, restaurando idades perdidas, ressuscitando almas defuntas.

 Foi em Ouro Preto, na anciã Vila Rica. Tivemos ali meses de uma vida singular, intensamente vivida, cheia de completos prazeres intelectuais, – que só podem ser bem contados aqui, a uma assistência escolhida e culta como esta, capaz de compreender como dois homens em pleno viço da mocidade puderam passar semanas e semanas entre os vivos, não os vendo nem ouvindo, e só tendo ouvidos e olhos para um estranho mundo de sombras e de fantasmas.

Bem vos deveis lembrar... Enquanto pelas ruas de Ouro Preto, naquele ano trágico de 1893, os vivos comentavam com calor os episódios da revolta naval, e os bombardeios, e as prisões, e as loucuras, – nós dois, mergulhados no passado, conversávamos com espectros. Toda a gente do século XVII, – capitães-generais, ouvidores, milicianos de El-Rei, aventureiros, traficantes de pretos, frades e freiras, tiranos e peralvilhos, fidalgos brilhantes e pobres bateadores de ouro e cateadores de cascalho, garimpeiros, senhores e escravos, damas de casta orgulhosa e imundas pretas descalças, ricos proprietários e contrabandistas farroupilhas, – toda essa gente acudia ao chamado da nossa curiosidade, e, saltando das casas arruinadas do Padre Faria e de Antônio Dias, evadindo--se do mistério dos arquivos, repovoando as ruas cheias de escombros, vinha reviver conosco a sua antiga vida pitoresca.

Logo cedo, pela íngreme Rua Direita, íamos ter à larga praça do Palácio. De um lado ficava a imensa Casa da Câmara, alto cubo salpicado de janelas, tipo acabado da arquitetura colonial, com os varões de ferro da cadeia embaixo, e, em cima, a torre severa abrigando o sino ancião, a antiga campana de rebate, que servia outrora para transmitir ao povo humilde, com a sua voz temida, a cólera ou a bênção, ambas paternais e pesadas, dos representantes de El-Rei.

Do outro lado, o Palácio – um fortim, cuja presença causava espanto naquela praça tão calma, e a cujas seteiras, ameias e barbacãs o apuro da pintura nova não conseguia tirar o aspecto ferrenho e hostil. Era no rés-do-chão dessa fortaleza, remanescente da era colonial, que estava instalado o arquivo público de Minas: era ali o cemitério das idades mortas, o campo-santo das nossas origens. Esse arquivo tem hoje, graças justamente a esforços vossos, outra instalação, destinada a salvá-lo de uma ruína que teria de pesar na consciência dos modernos como o remorso de um grande crime; mas, naquele tempo, a tristeza e a ancianidade da instalação diziam bem com a ancianidade e a tristeza do depósito. Entrávamos, com respeito, abafando o pisar; e, assim que começávamos a folhear os grossos livros encapados em couro, uma poeira sutil começava a encher o imenso e triste salão. Foi ali que respirei largamente isso a que o mais desmoralizado dos chavões dá o nome de pó dos séculos... Era um pó que parecia sair do fundo de ossuários remexidos, um pó impalpável e invisível que era como o bafo úmido e tênue do respirar dos infólios comidos das traças.

À medida que íamos virando as páginas, cobertas de uma escritura quase hieroglífica, miudinha e certa, retalhada de barras caprichosas, com fantasias de recorte nas maiúsculas e voltas faceiras nas vírgulas acaramujadas, as nossas impressões exteriorizavam-se; e, no pó finíssimo que pairava em torno de nós, percebíamos vagos cheiros indefinidos, que se casavam ou contrastavam, harmonizando-se, como as notas de uma concertina de aromas: havia o cheiro fresco dos vales, das montanhas, dos ribeirões de águas cantantes, de todo aquele seio de natureza virgem pesquisado pelas caravanas da conquista; o cheiro úmido de terra cavada, e das gupiaras cheias de gorgulho; o cheiro apagado e caricioso do incenso das sés e das sacristias; o cheiro da mandioca macerada com que as damas faziam brancos os cabelos... E, não raro, subia e dominava todos os outros um cheiro acre de sangue, uma exalação de mortualhas podres, de cadáveres de mineiros soterrados nas minas, de garimpeiros rebeldes esquartejados pela justiça, de pretos famintos e de reinóis insubordinados, corridos a pontaços de lança pelos dragões de El-Rei... Assim, no estudo dos tempos mortos, consumíamos as horas; e ou fulgurasse lá fora, em dias lindos, a luz do sol, ou, em dias de chuva, se emaranhassem no céu as cordas da água, a vida que nos preocupava não era a do povo que trabalhava ou vadiava nas ruas, mas a das gerações que se tinham ido da terra.

Quando saíamos, os espectros saíam conosco, colavam os seus passos aos nossos, sentavam-se conosco à mesa do hotel, acompanhavam-nos nas peregrinações pelos arredores cobertos de ruinarias. Nunca me esquecerei de um cair de noite, que nos surpreendeu certa vez, fora de portas, na derrocada Rua da Água Limpa... Com o vir da sombra, um mistério indizível encheu a paisagem, e um calafrio de mudo terror e um sopro de além-túmulo sacudiram a natureza. As figueiras bravas cresciam desmedidamente e tomavam formas estranhas; as gameleiras bracejavam como avantesmas; havia gemidos no rolar dos calhaus que os nossos pés topavam.

Uma lua imensa, imensa e redonda, pairou no céu escuro, como um broquel de prata pregado num muro negro, e espalhou a sua luz melancólica sobre a solidão. E, ao vosso lado, pisando aquela estrada que tantas gerações haviam pisado séculos atrás, ouvindo a vossa voz que me falava com trêmula ternura e vibrante paixão dessas vidas apagadas, compreendendo e amando o amor com que vos aferráveis à veneração dos povoadores da vossa terra, – eu tinha a ilusão de levar comigo, não um bacharel de 1893, mas um daqueles cavalheiros de 1720, que terçavam armas e galanteios na roda do Capitão-General D. Pedro de Almeida e Portugal.

Quem ia comigo não éreis vós, mas um dos vossos antepassados da veneranda Paracatu, daqueles que também, como Dom João de Castro, viviam e morriam pola ley, polo rey e pola patria; e, ao clarão do luar, uma pluma ondeava sobre a pala do vosso chapéu; o vento brincava com os folhos da vossa camisa de rendas e sacudia as abas do vosso gibão de seda; e pelas pedras tinia arrastada e nervosa, suspensa do talabarte de veludo, a bainha do vosso espadim...

Mais tarde, meu ilustre confrade, quando, apurado o vosso talento, começastes a produzir, – reconheci que aquele amor das tradições não era um tic da adolescência, uma preocupação passageira do vosso espírito. No livro e no jornal, a vossa literatura, de que daqui a pouco tratarei, foi sempre um claro espelho em que se têm refletido esse "tradicionalismo" e esse "nacionalismo", a que agora mesmo destes o nome um pouco vago de "americanismo".

Esta qualidade, quando mesmo não estivesse acompanhada da excelência da vossa obra literária, já bastaria para que a Academia Brasileira vos chamasse. Não foi, portanto, apenas "uma como reminiscência de Eduardo Prado" o que procuramos em vós. E nem compreendo que possa haver semelhança entre a vossa entrada triunfal nesta companhia e a entrada hesitante do estranho – cliente ou pedinte, – que vistes, em gravura, no átrio do palácio senhorial.

Entrando aqui, entrais em casa que já era vossa; e, se alguma causa deveis estranhar, é somente que a companhia não tenha enviado ao vosso encontro mais digno introdutor. Se a Academia não tivesse a desventura de perder Eduardo Prado, viríeis preencher outra vaga qualquer; e não ficaríeis muito tempo lá fora: – nós, em tão minguados anos de vida coletiva, já temos perdido tantos companheiros, que parece haver nisso um dos divertimentos habituais da morte irônica, zombando do titulo de Imortais, com que nos condecora o bom humor das ruas...

O que é preciso confessar é que, se já não existísseis para escrever o elogio de Eduardo Prado, seria preciso fazer o que Voltaire aconselhava, com irreverência, em caso de outra ordem: – seria preciso inventar-vos.

Nós bem sabíamos que o estudo desse interessante homem de letras, tão discutido e tão pouco conhecido, só poderia ser feito por quem tivesse vivido de par com ele, na intimidade do lar e na agitação da vida pública. Para quase todo o país, o fino artista que havia em Eduardo Prado viveu e morreu sem relevo: o que a multidão sabia é que ele era um homem elegante e um panfletário político. Dois motivos de suspeição.

Ter dinheiro e saber gozá-lo, correndo o mundo, estudando e comparando civilizações, fartando-se de arte, tendo trato familiar com gente ilustre, criando "interiores" de luxo, – são cousas que o comum dos homens (tão baixa é a natureza humana!) não perdoa facilmente aos privilegiados. O artista, que vive assim, dá sempre, ao juízo errôneo do público, a impressão de um diletante, trabalhando por desfastio, escrevendo por luxo, pensando por brinco, – mais ou menos como os reis que se distraem do seu mister pintando aquarelas ou estudando sânscrito, e como as rainhas que descansam do enfaro da etiqueta arrepanhando sobre a cintura a cauda do manto, pondo sobre o vestido de brocado um avental de linho grosso, e indo, ao calor do fogão, fazer experiências de química culinária...

Além disso, Eduardo Prado, que por longos anos, depois da publicação das suas admiráveis Viagens, se conservara afastado da agitação da publicidade, estudando ou gozando em paz, com sobriedade e bom gosto, na Europa, só voltou à atividade literária e política em uma época de febre intensa, durante uma dessas crises em que há rufos de febre em todos os pulsos e estos de paixão em todas as almas, e em que parece desaparecer a linha que separa o acampamento regular da sensatez do abarracamento confuso da loucura. Eram raros, então, os que podiam concordar com o violento escritor dos Fastos da Ditadura Militar no Brasil; e eram mais raros ainda os que podiam, sem concordar com ele, ter a calma precisa para reconhecer a sinceridade da sua intervenção e desculpar a aspereza dos seus ataques. Por isso, essa intervenção foi irritante.

E, mal compreendido em suas opiniões, mal julgado em seus atos, e absolutamente desconhecido no seu papel encantador de fino homem de letras, Eduardo Prado ficou sendo, para os energúmenos e para os superficiais, um moço rico e chic, monarquista por espírito de contradição, católico por elegância e motejador por índole. Essas injustiças são freqüentes: se fosse possível converter em areia palpável todos os erros do critério humano, essa areia bastaria para aterrar todos os mares que cobrem a face do planeta e para elevar-se em desmarcadas montanhas, que cresceriam no espaço perturbando as leis eternas do equilíbrio universal...

Veremos depois que o escritor d'A ilusão americana exagerou bastante os perigos do que ele chamava e do que vós mesmo chamais a nossa "desnacionalização". Mas todos os que lhe prezavam o talento e o caráter devem agradecer-vos desde já a clara energia com que o defendestes da balda de mau brasileiro. Tive e tenho para mim que Eduardo Prado foi sempre um firme, um puro e excelente brasileiro, no Brasil e na Europa, no sertão e no boulevard.

Conheci-o em Paris, nessa falada *garçonnière*[19] da Rua Casimir Périer, pequeno domínio em que imperava a tirania do severo Humphrys, – esse famoso mordomo que, com certeza, nos seus mais ambiciosos sonhos de glória, nunca imaginou que o seu nome ainda viesse a soar em cenáculos de imortais. Cousas da vida! se há príncipes cuja popularidade acaba em casas de jogo, também há de haver criados de quarto cuja rama chegue até às Academias...

---

19 A palavra "garçonnière" tem origem na língua francesa e é utilizada para descrever um tipo de residência masculina, geralmente um apartamento, onde um homem solteiro vive de forma independente.

Quantos brasileiros ilustres passavam por aquela casa! Havia o segundo Rio Branco; havia o fogoso Silveira Martins[20]; havia Domício da Gama[21]; e havia (para não alargar demais o surto das recordações) esses dois ilustres velhos, Ferreira Viana[22] e Lafayette[23], que não são da Academia (ai da Academia!) e de quem, traduzindo mal um bom verso, posso dizer que "se nada falta à sua glória, eles fazem falta à nossa"...

Em noites de recepção, os brasileiros – e é preciso notar que Eduardo escolhia com escrúpulo os seus íntimos – enchiam o salão, a biblioteca, a sala de jantar e até a sala de banho e a copa. Havia um aposento agraciado com o título de sala de fumar. Mas a dignidade era apenas honorária: nessas noites fumava-se em todas as salas. Fumava-se e falava-se. Fumarada e falatório nunca hão de faltar onde houver brasileiros... Às vezes – era janeiro e a neve caía lá fora – a acumulação da gente, a febre das conversas, o ardor das disputas e o fumo dos cigarros transformavam a casa numa gruta-do-cão, de ar irrespirável; a coluna de azougue do termômetro, espantada, punha-se a subir vertiginosamente a escadaria centígrada, parando exausta no patamar tropical.

---

20 Gaspar da Silveira Martins (Departamento de Cerro Largo, 5 de agosto de 1835 — Montevidéu, 23 de julho de 1901) foi um magistrado e político brasileiro.

21 Domício da Gama, pseudônimo de Domício Afonso Forneiro, (Maricá, 23 de outubro de 1862 — Rio de Janeiro, 8 de novembro de 1925) foi um jornalista, diplomata e escritor brasileiro.

22 Antônio Ferreira Vianna (Pelotas, 11 de maio de 1833 — Rio de Janeiro, 10 de novembro de 1903) foi um magistrado, jornalista e político brasileiro.

23 Lafayette Rodrigues Pereira (Queluz, 28 de março de 1834 — Rio de Janeiro, 29 de janeiro de 1917), mais conhecido como Conselheiro Lafayette, foi um jurista, proprietário rural, advogado, jornalista, diplomata e político brasileiro.

O castelão corria a abrir as janelas; e só quando via as calçadas da rua e as fachadas dos outros prédios cobertos de neve, é que eu me lembrava de que estava tão longe da Pátria... Ali vivia o Brasil, às vezes acerbamente julgado, mas sempre infinitamente amado. Deixai lá! também a pancada pode ser demonstração de amor, e demonstração agradável, porque, como diz o nosso bom povo, pancada de amor não dói... Até quando erra, o amor é o amor.

Claro está que ninguém poderia melhor do que vós, meu prezado confrade, vir dizer à Academia e ao Brasil quem foi Eduardo Prado.

Nos últimos tempos, combatestes juntos, na imprensa, o combate que julgáveis bom. As vossas penas brilharam juntas nas colunas do Comércio de São Paulo, – e até os que, como eu, repeliam as vossas conclusões, esses mesmos admiravam o talento, a graça e sobretudo a sinceridade com que lutáveis ombro a ombro, como hoplitas de uma mesma falange. Além disso, como acabais de mostrar, tínheis sondado bem fundo a alma do vosso correligionário, estudando-o na vida íntima, na franqueza da existência rural, na sua simplicidade de homem bom, amigo das plantas inocentes, dos insetos, das aves e das gentes rudes. As belas páginas, cuja comoção acabais de comunicar a quantos aqui vos ouviram, vão ser o início da glória do vosso antecessor.

E a Academia, cujo fim principal – talvez um pouco presunçoso, mas em todo caso nobre, – é ir estabelecendo, através das idades, pouco a pouco, várias cadeias de espíritos, revivendo uns nos outros e perpetuando a uniformidade dos ideais brasileiros, – a Academia vê com orgulho que por Afonso Arinos foi bem compreendido e amado aquele que tão bem compreendera e amara o Visconde do Rio Branco.

Agora, antes de vos dizer todo o bem que penso do que nos tendes dado como romancista e cronista, permitireis, meu caro companheiro, que eu vos declare não achar bem fundado o receio tantas vezes manifestado pelo vosso antecessor e por vós, de que a atrapalhação das nossas cousas políticas possa trazer a desnacionalização da nossa gente. Não quero saber, devo dizê-lo já, quais sejam precisamente as vossas opiniões em política. Em primeiro lugar, isso pouco importa à Academia, à qual, como ao Paraíso e ao Inferno, por diversos caminhos se pode igualmente chegar.

Há aqui lugar para todos os credos: e sob esta cúpula... de empréstimo, que devemos à gentileza fraternal do Gabinete Português de Leitura, ortodoxos e heterodoxos podem trocar o beijo da paz. Depois, não vejo bem que haja, para qualquer de nós, a necessidade de opiniões políticas; isso é uma bagagem pesada demais para quem se quer elevar às serenas regiões da Arte; e o alpinista, que deseja chegar ao cume do Monte Branco[24], contenta-se com um *alpenstock*[25] e um pedaço de corda, sem se sobrecarregar com o fardo inútil de uma caixa de bufarinheiro. E há ainda a considerar que espero estaremos de acordo sobre o que vou dizer...

Mas, se houver desacordo, o mal não será grande; já um santo Padre da Igreja, num momento em que a sua santida-

---
24 O Monte Branco é a mais alta montanha dos Alpes e da atual União Europeia.
25 Alpenstock é um termo que se refere a um bastão utilizado por alpinistas.

de cochilou, disse que até no céu há por vezes desavenças entre os anjos; e esta nossa tristíssima terra, meu caro amigo, no dia em que todos os homens se pusessem a pensar do mesmo modo, ficaria de uma insipidez intolerável.

Vós mesmo reconheceis a falibilidade das previsões humanas. Nós todos, quando queremos marcar um roteiro certo à marcha dos homens e das cousas, arriscamo-nos ao erro daquele Sébastien Morder, que, em 1770, escrevendo, com o título de O ano 2240, um grosso livro em que previa e traçava com uma segurança imperturbável o progresso da humanidade, nem sequer suspeitou a possibilidade da revolução que, daí a 19 anos, tinha de abalar a França...

Esses enganos são comuns: não é tão fantasista, como parece, aquele apólogo do sábio que, por ter os olhos pregados na Via Láctea longínqua, caiu no poço que tinha tão perto dos pés.

O que mais aterrava o espírito patriótico de Eduardo Prado era o espetáculo da intolerância política que encheu os primeiros anos da República. Naquelas arruaças, naquele ódio ao estrangeiro, naquele confuso gritar de gargantas, que nem sabiam o que queriam dizer, viu ele o anúncio temeroso de um naufrágio nacional. Susto vão e vão temor. As nossas trovoadas de estio, que são as mais bulhentas, são também as que mais depressa se desfazem. Aquele tumultuar de paixões indefinidas acabou logo. Também alguma vez se há de permitir que os loucos tenham um dia de desafogo, e saiam pelas ruas a desabafar o seu entusiasmo. Se essas evasões dos hospícios, tão frequentes em todas as partes do mundo, pudessem exercer uma influência eficaz e demorada sobre o destino dos povos, não haveria um só povo organizado; todo o planeta, desde a fita abrasada do equador até a zona gelada dos pólos, seria um imenso manicômio, e já não haveria motivo para que o Brasil se envergonhasse de não ter juízo, num concerto vesânico de tal extensão. Mas não creio que Eduardo Prado atribuísse tanta importância a tais desatinos.

O pudor com que ele evitava que o seu criado (aqui temos de novo o famoso Humphrys!) lesse os jornais do Brasil e viesse a ter ciência das vergonhas que se passavam na pátria do amo, era um gracejo pueril. O criado, por não contrariar a indignação do amo, não deixaria talvez de verberar, com alguns grunhidos de censura, a facilidade com que apeamos do trono o venerando Sr. D. Pedro II; mas, no íntimo, estaria pensando mais na sábia composição do menu daquele dia do que na desventura do Monarca brasileiro. Os criados da Europa têm visto tanta cousa! Todos eles, ou todos os seus pais e avós, leram o Contrato social... Há poucos dias, quando, em certo país da Europa, uma nova dinastia rebentou da sangueira de uma tragédia regicida, as velhas nações monárquicas não malsinaram em voz alta a origem pouco limpa daquela florescência dinástica. Se a tivessem malsinado, o novo rei poderia, como já foi lembrado, dizer aos outros: "Atire-me a primeira pedra aquele de vós que tiver o trono limpo de todo o sangue criminosamente derramado!..." Entre essa maneira, realmente expedita, mas bem pouco bela, de substituir um rei por outro, e a forma, igualmente sumária, mas pacata, pela qual substituímos um Imperador por um

Presidente da República, suponho que há muitas léguas de distância moral...

Não creio que haja regimes bons ou maus para a formação e a fixação do caráter e da grandeza de um povo. E não sei como possamos ainda agora, – homens de um século que há de ver a vitória do socialismo, – dar um sentido preciso a qualquer destes vocábulos: – monarquia ou república. A aspiração política da humanidade de hoje não cabe dentro de um círculo partidário; e o pensamento humano, cansado de controvérsias fúteis, sonha um progresso definido e claro, que os velhos rótulos dos partidos não exprimem. A República não podia destruir o que não estava feito. A verdade é que as boas ou as más palavras dos agitadores, as boas ou más ações dos que governam com preocupações de partidos, têm uma influência quase nula sobre a sorte dos povos. E, em geral, todos os grandes reformadores tornariam a morrer de espanto, se, tendo ressuscitado, pudessem ver os frutos das ideias que semearam.

Realmente, quem apenas considera o litoral do Brasil, esquecendo o resto, pode sentir o medo de uma dispersão da nacionalidade. Alguns pontos do litoral ainda são o que eram no tempo da Monarquia: – sede de acampamentos comerciais, onde o desejo de enriquecer é instigado pelo desejo de ir gozar lá fora a riqueza acumulada. Mas, para lá desta faixa de praias, na zona imensa que o trabalho anima, no sertão que vai transformando os hóspedes em filhos, – a nacionalidade cria raízes tão fundas e tão fortes, que o seu extermínio só pode ser feito com o extermínio da própria terra. A terra tem encantos e proveitos que seduzem, e esses encantos e proveitos fazem mais do que as nossas teorias. O trabalho, a família, a beleza do céu, a fartura do solo mudam os indiferentes em amantes.

As raças estranhas vão sendo absorvidas, como as águas das chuvas que regam os campos; e a raça futura (se é possível, ainda em ilações tão claras como esta, adiantar alguma cousa sobre o futuro) será uma raça fortemente brasileira, conservando a doce e amada língua que tratamos. Porque vós mesmo o dissestes há pouco: Eduardo Prado, com todos os seus terrores da desnacionalização, passou os últimos dias de vida entre colonos que já esquecem o falar e os costumes da pátria, pelo falar e pelos costumes paulistas... Quanto ao perigo de conquistas, vindo de nações fortes e cobiçosas, parece-me, quando muito, uma ameaça fantasista, como a dos lobisomens e papões com que se amedrontam as almas das crianças mal comportadas.

O Brasil está longe de ser a China da América. E, se uma dessas aventuras, cuja possibilidade não nego em absoluto, pudesse ter uma escassa probabilidade de passageiro êxito, – essa mesma energia nacional, que se está concentrando e apurando no interior do Brasil, zombaria do atrevimento do invasor.

O povoamento do Brasil fez-se da periferia para o centro: a sua nacionalização faz-se do centro para a periferia. As raças fortes começam a conquistar-nos pelo trabalho e pelo amor; e já estão começando a ser conquistadas por esse mesmo amor e por esse mesmo trabalho. No dia da afronta, o sangue seria um só, e uma só havia de ser a resistência. Não nos alarmemos com fantasmas; já não estamos na idade em que o amor do trabalho e o cumprimento do dever só se estimulam com o medo do castigo ou com a promessa da recompensa. Duvidar de si mesmo já é para um homem a metade da derrota; para um povo é a queda completa. Felizmente, o "pessimismo" é quase sempre uma doença apenas literária. Dizer mal da pátria não é desprezá-la: é fazer literatura à custa dela.

Graças à elevação do vosso espírito, e à saúde moral que sempre tivestes, – essa triste doença não vos atacou jamais, meu caro confrade; – e se em vosso trabalho de jornalista tem havido algum susto ou desalento, em vosso trabalho de artista das letras só tem havido confiança e coragem.

A prova mais bela e forte de que a nossa nacionalidade não corre perigo, temo-la vivendo e brilhando em vós, em vosso claro engenho, em vossos livros de um tão puro nacionalismo. E não quero falar daquilo que, saído de vossa pena, anda espalhado por jornais e revistas, nem dos dois romances "brasileiros", que, como artista exato que sois, ainda conservais no tear sujeitos ao paciente lavor e à pertinaz polidura que fazem as obras perfeitas. Basta-me o lindo volume de histórias e paisagens do sertão, com que estreastes.

Já disse que a vossa literatura é um espelho em que se reflete o vosso tradicionalismo. Mas não é só isso o que se traslada no cristal brilhante. Há em vossa literatura, ao lado de muita saudade, muita esperança: larga ponte, batida de sol, lançada entre o passado e o futuro.

O amor do passado vibra às vezes no assunto e palpita sempre no estilo. Este é sempre puro e antigo, temperado pela suavidade que a língua dos nossos maiores adquiriu ao passar da velha para a nova pátria. Não sois dos que pensam que o progresso do idioma deva ser feito à custa da sua pureza primitiva, passando da garganta do pardal para a garganta do sabiá, era justo que a escala musical se abrandasse, adquirindo o quebro langoroso que lhe veio redobrar o encanto. Mas nem todos os sabiás se têm contentado com esse acréscimo de meiguice e graça. Infelizmente, muitos sabiás conhecemos nós, que, quando se põem a cantar na copa das velhas palmeiras de Gonçalves Dias, mostram possuir na garganta mais solecismos do que gorjeios... Vós, não.

A língua que trabalhais não veio até vós, recebendo enxurradas em desvãos de matas suspeitas; veio de longe, sim, mas por frescos e limpos álveos, aceitando afluências de águas transparentes, enriquecendo-se com o tributo de mananciais bem batidos, e guardando a clareza e a simplicidade nativas. É velha e viajada, mas legítima: e por isso mesmo preciosa, como os vinhos velhos e os velhos livros. Quando falam os vossos heróis do sertão não falam como puristas: usam a sua linguagem pitoresca e ingênua, cheia de barbarismos sempre coloridos e expressivos.

E foi justo que lhes não désseis esse falar alambicado, meio selvagem e meio coimbrão, que os romancistas da geração passada punham na boca dos seus índios de opereta, sempre apaixonados por meninas do reino, e fazendo-lhes declarações de amor em que havia, misturados, urros de onça e suspiros de bonifrate. Mas, quando leio os diálogos dos vossos heróis, ou as suas narrativas tecidas de expressões que fulminariam de puro espanto o velho Rodrigues Lobo, – cuido sempre ver, ao lado, o leve sorriso indulgente do escritor castiço, que sois, anotando e saboreando a novidade daquele dizer errado e gracioso...

Nos assuntos, o vosso respeito do passado sugere às vezes ao vosso estilo trechos de uma ternura infinita. Ides por uma rua solitária de cidade em minas. Encontrais uma casa humilde. Entrais. Aparece-vos uma velha mulher e aqui está como a descreveis:

"Um leve ruído faz-me voltar o rosto e ver, então, emoldurada pelas ombreiras da porta, ao fundo, uma estranha figura de mulher, vestida de algodão muito branco, com o torso pendido a uma dor intensa, sopitada a custo, e a fisionomia cansada, emurchecida, repuxada de rugas, onde mal se adivinham os olhos sem brilho, quase inexpressivos, a não ser um quê muito fugaz de carinho, que neles boiava ainda como uma flor desprendida da haste e ia quase fenecida, flutuando na superfície de um lago dormente."

Quando vos separais desse destroço de uma outra idade, resumis assim a vossa compaixão enternecida:

"Que página sentida escrevestes, ó intérpretes do coração humano, que doa mais do que a só vista desse pergaminho mudo, engelhado no rosto da velhinha! Essa dor infinda e resignada, essa dor desamparada e humilde naquele despojo humano, é mais dolorosa do que a do mito imortal de Prometeu..."

Mas não amais a velhice apenas nas criaturas humanas: também a amais nas cousas, que envelhecem mais devagar do que a gente e ficam por mais tempo expostas à irrisão ou à indiferença dos incompassivos. Vós o dizeis:

"O encontro de algum objeto antigo tem sempre para mim alguma cousa de delicado e comovente... Móveis ou telas, papéis ou vestuários, – na sua fisionomia esmaecida, no seu todo de dó, – eles me falam ao sentimento como uma música longínqua e maviosa, em que se contam longas histórias de amor..."

Diante de um velho cravo, "primoroso na fábrica, incrustado de bronze e ornado de lavores de talha na madeira negra", ficais a mirá-lo com amor, perguntando:

"Que lânguida açafata ou melindrosa sinhá-moça, cravo centenário, esflorou o marfim do teu teclado, desfiando o ritmo grave de uma dança solarenga, ou, a furto, a denguice feiticeira de um fado vilão?"

E, logo depois, diante de uma cadeira bichada e desconjuntada, vista num fundo lôbrego de sacristia, escreveis:

"Morre, desaparece que talvez – por que não? – a tua dona mais gentil, aquela para quem tuas alcatifas tinham mais delicada carícia ao receber-lhe o corpinho mimoso, aquela que recendia um perfume longínquo de roseira de Chiraz, talvez te conduza para alguma região ideal, dourada e fugidia, inacessível aos homens... Desaparece, aniquila-te, ou foge, cadeirinha! Lá, naquela mansão bem-aventurada, pegarão teus varais, não lacaios de libré, mas alvos mancebos de vestes brilhantes e olhar atrevido. Esses conduzirão através de nuvens a criatura feiticeira que encantou o seu tempo e que deixou impressa no tabuado de teu fundo, ó cadeirinha de outras eras, como uma carícia eterna, a lembrança do contato de um pé taful, calçadinho de cetim."

Ora, aqui está o meu companheiro de pesquisas nos arquivos de Vila Rica – aquele esbelto mancebo, em quem uma vez, num sonho fugaz, ao cabo de um passeio pela Rua da Água Limpa, julguei ver um fidalgo reinol, dos que dançavam o minuete na corte do Conde de Assumar...

Mas, ao lado dessas velharias animadas e inanimadas, o vosso livro canta belamente as novas gentes e os novos costumes que animam o sertão. Um poeta, amigo das árvores como todos os poetas, disse um dia que, quando encostava o ouvido ao grosso córtex de um tronco da mata, ouvia lá dentro as loas harmoniosas da selva, na sua circulação criadora e triunfal. Eu também, quando folheio o volume em que celebrais a vida sertaneja, ouço circular por ele, em hinos ardentes, a profecia de uma grandeza futura para a terra que tanto amais, – para a terra que tanto amamos.

Com que entusiasmo, com que admiração comovida, com que energia de pincel, com que colorido intenso de estilo, contais a nobreza de alma, a coragem heróica, os amores brandos ou impetuosos, os fogosos ciúmes, a abnegação rara, a paciente resignação, e também as grandes cóleras desses homens fortes e simples, que vivem para amar a vida e o trabalho, a natureza e a liberdade, a terra e o céu, na independência do seu orgulho, sob a proteção de Deus... e da faca que trazem à cinta! Estas poucas novelas, que enfeixastes em livro, são os Fastos da Alma Sertaneja... Aqui temos o cuiabano Manuel Alves, arrieiro atrevido, farto de afrontar homens e feras, afrontando as almas penadas de uma tapera mal-assombrada, e enlouquecendo de angústia por ter contado demais com a energia de uma alma educada em superstições; aqui temos a linda Esteireira, "a flor do sertão", de colo de nhambu e carnadura cheia de viço, – que se desgraça pelos zelos, apunhalando a rival, sugando-lhe o sangue como um morcego, e indo morrer ao lado do noivo, em luta épica com os soldados da escolta, como uma canela-ruiva acuada; eis agora o campeiro Manuel Lúcio, moço bravo e apaixonado, malferido de amor ingrato pela filha de um guarda-mor das minas, e deixando-se morrer de desengano e de desespero, sem frases, em um sacrifício que mal disfarça o suicídio; e, agora, Joaquim Mironga, a Dedicação feita homem, de cujos lábios, num estilo que é a um tempo música e pintura, gravura e palavra, cai a narração de um episódio das lutas políticas de 40, entre imperiais e liberais; e, enfim, o Flor, franzino e lépido, filho da mata, todo nervos e viço, domando pela coragem o facínora Pedro Barqueiro... E as vossas paisagens! que calor, que perfume selvagem, que eterna vibração de vida sabeis comunicar às palavras, quando nos falais das serras que como bom sertanejo galgastes, das matas que vistes, dos rios largos e dos vales frescos em que os vossos olhares namorados pasceram desde a meninice!

Ah! quem pode duvidar da força de uma nação qualquer, meu ilustre companheiro, quando essa nação tem gentes fortes como essas, e uma arte como a vossa para celebrá-la?! A existência de uma literatura como a vossa – *littérature de terroir*[26], como se diz expressivamente em França, – já é uma demonstração de força nacional, ativa e própria.

Há, em Pelo sertão, uma página encantadora, em que glorificais um velho buriti, "venerável epônimo dos campos", mais idoso do que a nossa raça, perdido no meio de uma planície verde. É assim que lhe falais com ternura e admiração: "Se algum dia a civilização ganhar essa paragem longínqua, talvez uma grande cidade se levante na campina extensa que te serve de soco, velho Buriti Perdido. Então, como os hoplitas atenienses cativos em Siracusa, que conquistaram a liberdade enternecendo os duros senhores à narração das próprias desgraças nos versos sublimes de Eurípides, tu impedirás, poeta dos desertos, a própria destruição, comprando teu direito à vida com a poesia selvagem e dolorida que sabes tão bem comunicar. Então, talvez, uma alma amante das lendas primevas, uma alma que tenhas movido ao amor e à poesia, não permitindo a tua destruição, fará com que figures em larga praça, como um monumento às gerações extintas, uma página sempre aberta de um poema que não foi escrito, mas que referve na mente de cada um dos filhos desta terra."

Com essa página vossa, quero fechar o discurso de boas-vindas, com que vos recebo em nome desta companhia.

---

26 *Littérature de terroir*, do francês, "literatura local" ou, como se popularizou no Brasil, regionalismo. O regionalismo na literatura brasileira tem uma tradição de quase 150 anos, originando-se no século 19 com autores como Afonso Arinos, José de Alencar, Bernardo Guimarães, Alfredo d'Escragnole Taunay e Franklin Távora. Essa corrente busca retratar as características culturais, linguísticas e históricas de uma região específica, muitas vezes utilizando uma linguagem romântica ou realista para explorar a identidade regional. Inicialmente, os escritores focavam no sertão em contraste com a cidade, retratando o sertanejo como símbolo do autêntico brasileiro e valorizando os aspectos exóticos e grandiosos da natureza local.

Sim! a civilização há de ganhar a paragem longínqua em que vistes, solitário e soberano, esse buriti selvagem, mas não será levada por senhores duros, cujo coração careça de ser enternecido pelas queixas da terra conquistada. O vosso velho buriti viverá, não tolerado, e sim respeitado e amado; mas viverá menos do que o gênio da nossa nacionalidade, que, como ele, há de assistir a todo o ciclo do drama da conquista, dominando-o e dirigindo-o.

Esta esperança – e, mais do que esperança, certeza – da glória e da grandeza da nossa nacionalidade, é o sentimento que a todos nos anima, nesta casa que vindes honrar. Aqui as almas se congregam para prezar o passado e para esperar com confiança o futuro. O vosso lugar estava marcado; e sobre ele paira a recordação dos dois espíritos, cujo fulgor tão belamente nos fizestes sentir e compreender há pouco. A herança caiu em dignas mãos. Sede bem-vindo.

Falece em Barcelona o Dr. Afonso Arinos

Publicado no jornal carioca A Noite, em 1916[27].

Telegrama recebido no Itamaraty trouxe a notícia do falecimento, às 8 horas de hoje, em Barcelona, do Dr. Afonso Arinos de Mello Franco. Afonso Arinos era natural de Paracatu, Minas Gerais (1868) e formou-se na Faculdade de Direito de São Paulo. Escritor de raça, é de admirar a obra que deixa, pequena, mas de real e raro valor, com uma "mineiridade" sobressaindo em cada página, em cada capítulo, em cada palavra. O seu livro "Pelo Sertão" é, no gênero, dos poucos que possuímos, uma obra que faz honra à nossa literatura. Ainda há pouco, em umas conferências no "Estadão de S. Paulo", Afonso Arinos proferiu as suas palestras: "Lendas e Tradições Brasileiras", organizada pela Sociedade de Cultura Artística de São Paulo. Nessas conferências, como em "Pelo Sertão", o escritor mineiro ficou inigualável. Era ainda, e sobretudo, um cidadão. Dr. Afonso Arinos pertencia à Academia Brasileira de Letras e sua figura, no seio desta douta instituição, foi sempre de grande destaque.

27 A NOITE. Rio de Janeiro, RJ, 9 fev. 1916.

Dr. Afonso Arinos descendia de uma família mineira que gozava de real prestígio no Estado, e cuja antiguidade e tradições tornaram os Mello Franco verdadeiros tipos de fidalgos. Por isso mesmo, era-lhe natural uma elegância sólida, de um verdadeiro "gentleman". Dr. Afonso Arinos era filho do senador estadual mineiro Virgílio de Mello Franco, irmão do deputado Afrânio de Mello Franco, do 1º secretário de Legação Mário de Mello Franco e do Dr. João de Mello Franco, engenheiro da Prefeitura de São Paulo; cunhado do deputado Arthur Alves e genro do conselheiro Antônio Prado, pois era casado com a Exma. Sra. D. Antonietta Prado. Não deixa filhos. Dr. Afonso Arinos exerceu o magistério, como lente do Ginásio Mineiro e da Faculdade Livre de Direito de Minas, em Ouro Preto. Ultimamente, o mestre empregava a sua atividade dirigindo grandes empresas em São Paulo e Minas, na exploração da indústria das carnes congeladas.

O Dr. Afonso Arinos, ultimamente, como se residisse na Europa, passava — em Paris — a maior parte do tempo. E, quando vinha ao Brasil, era quase sempre para se internar pelos "seus sertões", como ele dizia e que ele amava com carinho. E era um gosto vê-lo naquele tipo de verdadeiro "gentleman", belo e sadio, corretamente vestido nas suas roupas de viagem, cortadas nos mais célebres alfaiates de Londres, conversando sem o menor constrangimento com os mais característicos caipiras, compreendendo-se perfeitamente como se sempre tivessem vivido no mesmo meio. Era, com efeito, um elegante por índole e por temperamento, sem esforço nem afetações. A primeira notícia sobre a sua enfermidade veio há dois dias. Dizia que o festejado escritor fora obrigado a desembarcar em Barcelona, onde sofreu uma operação na bexiga. Outra notícia dava-o como livre de perigo; para hoje, finalmente, veio a notícia da sua morte.

Conheça a Tacet Books

Somos uma editora independente que pública obras interessantes e inéditas de autores clássicos - em seus idiomas originais - por preços acessíveis aos leitores brasileiros.

Nosso catálogo possui obras em inglês, espanhol e português, de grandes autores como Agatha Christie, James Joyce, Virginia Woolf, Júlia Lopes de Almeida, George Orwell, Horacio Quiroga, etc. Coletâneas inéditas como Feminist Fiction, Victorian Fairy Tales e seleções de contos de países como Cuba, España, Argentina, México, entre outros.

Seja para estudar um novo idioma ou ler clássicos em seus idiomas originais, nossos livros serão uma ótima adição à sua biblioteca.

Visite nosso website:

http://www.tacetbooks.com

O escritor Afonso Arinos teve um sobrinho homônimo, Afonso Arinos de Melo Franco, que se destacou como político e autor da primeira lei contra a discriminação racial no Brasil. Proposta por ele e promulgada por Getúlio Vargas em 3 de julho de 1951, essa lei foi pioneira ao criminalizar atos de preconceito racial e de cor de pele como contravenções penais.

A motivação de Afonso Arinos de Melo Franco para redigir essa lei surgiu após um episódio de racismo contra seu motorista negro, além de outros casos como a recusa de hospedagem a uma dançarina negra americana em São Paulo. Embora inicialmente batizada de "Lei Getúlio Vargas", a imprensa revelou a tentativa de manipulação, e a legislação passou a ser conhecida como "Lei Afonso Arinos", tornando-se um marco na luta contra o racismo no Brasil.

Este livro foi composto em Libre Baskerville e impresso no Brasil por UmLivro, para a Editora Tacet Books.

São Paulo-SP. Maio, 2024.

www.ingramcontent.com/pod-product-compliance
Lightning Source LLC
LaVergne TN
LVHW040105080526
838202LV00045B/3785